달팽이는 빠르다

일러두기

- 맑은샘학교 어린이들이 쓴 183편의 시를 모았습니다. 맞춤법과 띄어쓰기는
  어린이들이 쓴 걸 살렸습니다.
- 책 겉장과 안 그림은 맑은샘학교 어린이들이 살아있는 그림 그리기로 그린
  그림 가운데 뽑았습니다.

어린이들이 쓴 자연을 닮은 시와 그림

달팽이는
빠르다

전정일 엮고 씀

맑은샘 어린이들이 쓴 183편 시와 살아있는 그림
살아있는 시 쓰기 교육

맑은샘

맑은샘학교는

이오덕 선생님이 말씀하신 '교육은 몸과 마음을 건강하게 키워가는 일'이 라고 생각하고, 민주 교육, 민족 교육, 인간 교육, 일과 놀이 교육, 생명 교육을 바탕으로 공부를 합니다. 자유, 생명, 평화, 생태, 평등, 민주, 통일 같은 가치들을 중요하게 여기고, '삶을 가꾸는 글쓰기', '일놀이', '자연속학교' 들로 표현교과와 인지교과를 통합하며 주인으로 더불어 앞날을 열어가고 있습니다.

이오덕 선생님은 43년 동안 교육자로서 아이들을 섬기고 아이들 삶을 가꾸는 운동을 이어 오셨습니다. 글쓰기, 말하기, 그리기 같은 표현교육을 중시하고, 일놀이 교육을 통해 아이들 스스로 세상을 이해하고 해석하는 삶의 주체로 자라도록 가르쳤습니다. 아이들의 삶이 살아 있는 참교육을 하려면 그것을 가르치는 선생님들도 아이들과 같이 일을 해야 하니 교사는 기본으로 '일하는 사람'이라고 주장하신 분입니다.

맑은샘학교는 이오덕 교육사상과 자연주의(생태주의)를 바탕으로 어린이과 어른이 함께 배우고 자라는 학교입니다. 2005년 물이랑작은학교를 거쳐 2007년 맑은샘학교로 다시 문을 열고, 우리나라의 위대한 교육 실천이자 뛰어난 교육 성과인 이오덕 교육사상과 한국글쓰기교육연구회, 어린이도서연구회의 교육 실천을 대안학교와 마을에서 이어가고 있습니다.

　또한 일찍부터 교육공동체를 꾸리고 과천과 양지마을의 작은 학교로 마을과 교육을 연결하며　다양한 마을공동체 활동으로 마을교육공동체를 가꾸고 있습니다. 오랫동안 대안교육 우리말 글 연수모임을 이끌고 있고, 해마다 경기 꿈의학교와 마을공동체 사업들로 마을교육공동체를 실현하고 있습니다.　맑은샘교육연구회와 과천마을교육공동체사회적협동조합과 함께　공교육의 혁신교육, 대안교육이 지향하는 마을교육공동체로 앞날을 열어갈 것입니다.

어린이는 모두 시인입니다

전정일

참 오래 걸렸습니다. 2013년에 서울과 경기 지역 11개 대안초등학교에 다니는 어린이들이 쓴 251편의 시를 담은 시집 〈벼룩처럼 통통〉이 나온 지 12년 만이네요. 이번에는 20주년을 맞이하는 맑은샘학교 어린이들의 시와 그림을 모았습니다.

맑은샘학교는 과천 양지마을에 자리한 20년 된 작은 대안교육기관입니다. 관악산과 우면산 자락에서 아이들은 놀이와 일을 통해 마음을 가꾸며 자라납니다. 대안학교는 2020년 제정된 대안교육기관법에 따라 이제 "대안교육기관"으로 불리지만, 여전히 "대안학교"란 말이 더 익숙합니다.

어느 곳이든 어린이들이 놀고 일하며 공부하는 세상은 똑같듯, 대안학교 어린이들도 같습니다. 다만 맑은샘학교는 자연 속에서 배우고, 여행과 체험이 많고, 자유와 개성, 자연, 이웃과 함께하는 즐겁고 신나는 학교입니다.

2024년 10월 기준으로, 대안교육기관법에 따라 교육청에 등록된 대안교육기관은 270곳입니다. 비공식으로 500~800곳에 이를 수도 있다고 합니다. 시험과 성적, 경쟁보다는 협력과 배움을 중심에 둔 학교가 진짜 대안교육 현장일 것입니다. 학원 없이 선생님과 어린이들이 함께 놀고 배우며, 작은 공동체 속에서 행복과 신명을 만들어 가는 곳이야말로 진정한 배움터 아닐까요.

우리 시집 〈달팽이는 빠르다〉를 읽으며 대안학교 어린이들의 삶을 엿볼 기회가 되었으면 합니다. 맑은샘 어린이들의 시를 읽으며 저도 선생의 자세를 돌아보게 됩니다. 이오덕 선생님과 한국글쓰기교육연구회 선생님들께도 깊이 감사드립니다.

이오덕 선생님은 어린이들에게 이렇게 말씀하셨습니다.

"어린이 여러분! 여러분의 참과 아름다움을 지키기 위해, 눈물과 웃음을 지키기 위해 시를 읽고 시를 씁시다. 시를 쓰는 것은 사람이 사람답게 되는 가장 확실한 길입니다."

또 선생들에게는 "시 쓰기를 가르치려 하지 말아라. 어린이 마음을 가르쳐라. 정직하고 깨끗하며 사람다운 어린이 마음을 지켜줘라." 하셨지요.

맑은샘 어린이들은 자연 속에서 놀고, 배우며, 시를 씁니다. 동무와 놀이, 곤충과 동물, 텃밭과 자연, 그리고 삶의 이야기가 담긴 시들은 그 자체로 깨달음과 감동을 줍니다.

아이들은 살아 있는 감각과 마음으로 시를 쓰고, 선생님들은 아이들의 시를 귀하게 여기며 그들에게 더 많은 기회를 주려 애썼습니다. 어린이들의 시를 들여다볼수록 선생으로서 많이 부끄럽습니다.

비록 더 일찍 펴내지 못했지만, 이 시집이 20주년 선물이 되길 바랍니다. 이 책이 아이들의 삶을 나누는 좋은 도구가 되길 바라며, 함께 해주신 어린이문화연대 이주영 선생님, 도서출판 맑은샘, 맑은샘 교육공동체 식구들께 감사드립니다. 어린이들이야말로 삶의 스승이요, 삶이 교육임을 되새기며 살겠습니다.

　고맙습니다.

2025년 3월

축하합니다!

이주영 (어린이문화연대 상임대표)

맑은샘학교 20주년을 맞이하심과 어린이 시집 발간을 축하드립니다. 학교를 세운 이후 마흔일곱 권째까지 꾸준하게 펴내고 있는 두껍고 두꺼운 어린이 글모음을 한 장 한 장 읽을 때마다 맑은샘 터전에서 교사와 어린이들이 서로 배우며 가르치는 삶을 가꾸는 글쓰기 교육을 만날 수 있어 즐거웠습니다.

그 많은 글 가운데 더 많은 사람들이 함께 읽을 수 있는 어린이 시집이 나온다고 하니 더 반갑습니다.

이 시집이 봄 나비처럼 팔랑팔랑 날아서 더 많은 어린이와 어린이를 사랑하는 많은 사람들 마음과 마음을 이어주는 사랑의 고리가 되어주기를 소망합니다.

차례

맑은샘학교는 » 004

여는 말 · 어린이는 모두 시인입니다 » 006

축사 · 축하합니다!_이주영(어린이문화연대 상임대표) » 009

« 하나 »
풀들은 바람이 미는 대로 그냥 누워버린다

가재·전우진 » 016 풀·강자현 » 017 돌 돌·김결 » 018 바람·손정원 » 019
나무 그늘·왕인지 » 020 나무·김연재 » 021 풍경·임정빈 » 022 눈 맞은 대
나무·왕강수 » 023 대봉시·박수찬 » 024 진달래·이서연 » 025 바람·김지
안 » 026 쑥덕쑥덕·손정원 » 027 눈·양근학 » 028 하늘 기운·전호진 » 029
용마골·양지성 » 030 나비·송하윤 » 031 빗소리·송인채 » 032 산·장현서 »
033 나무가 흔들려서 나한테 쓰러질 것 같아요·김동엽 » 034 파란 하늘·
강소현 » 035 버찌·왕정수 » 036 관악산 용마골·김소율 » 037 물소리·신
지안 » 038 가재, 물소리, 개구리 도롱뇽·양지온 » 039 봄의 느낌·임설아
» 040 가을 산·이소윤 » 041 개구리알, 도롱뇽알·이시환 » 042 소리·지해
솔 » 043 봄·최시화 » 044 덜덜덜·박민주 » 045 오르막·송하윤 » 046 우면
산·곽동하 » 047 우면산·채지안 » 048 도롱뇽·구본준 » 049 우면산에 와
서·최한울 » 050 용마골 명상·이윤건 » 051 용마골·이준호 » 052 산·채아
오 » 053 흐르는 물·박시현 » 054 끈끈이주걱·임유찬 » 055 도롱뇽·양정원
» 056 용마골·박성찬 » 057

« 두울 »
모두가 다 다르다

기후변화를 막을 거야·박소연 » 060 동생·심준범 » 061 내 동생 이서희·
이세영 » 062 알록달록 우리 식구·김찬송 » 063 두 갈래로 나뉜 개울·김나
윤 » 064 더움·조이준 » 065 나무와 사람의 인생·최수인 » 066 사람과 동
물의 차이점·남민주 » 067 다름·손지수 » 068 한 사람과 두 사람·나지율 »
069 많이 보더라도·나지율 » 070 내 속에는 무엇이 들어있을까·박성준 »
071 학교·박소연 » 073 쌀 한 톨·왕강수 » 074 어른들의 외로움·엄정우 »
075 성범이 형·엄정우 » 076 라면·원종현 » 077 마음의 방·이동규 » 078
외로울까봐·엄지우 » 079 개미와 나·엄지우 » 080 탈핵·신윤우 » 081 어
른들은 왜 그래?·김채원 » 082 힘들어도 꼭 참아·이정우 » 083 돈·송인채
» 084 뛰지 마, 하지 마·김우철 » 085 친구·박성준 » 086 길·김윤슬 » 087
계절·김윤슬 » 088 밥·이현준 » 089 고마워·김영아 » 090 우리 동생·남희
주 » 091 동생 짜증·이은후 » 092 고래를 삼킨 바다·노우진 » 093 대안학
교 차별 X·서민주 » 094 아버지·박민규 » 095 누나가 어디 갔는지 궁금하
다·김준희 » 096

« 세엣 »
우리 학교

공부·박시우 » 098 학교·송인준 » 099 시·박성준 » 100 끔찍한 수학 문제
5형제·김영웅 » 101 먹기 싫은 것·박영진 » 102 좋은 글·최세화 » 103 좋은
시·김단희 » 104 함께 살기·송인채 » 105 우리·김영호 » 106 딱지 따먹기·

천명수 » 107 청소하는 1학년·왕준영 » 108 산 넘어 산·홍성혁 » 109 바느질·왕인지 » 110 쑥개떡 반죽·길현민 » 111 구멍난 양말·한수빈 » 112 땀비·엄지우 » 113 쑥지짐·김다경 » 114 형·진승연 » 115 불깡통·손금서 » 116 송진·주호연 » 117 산·나선율 » 118 시·박성범 » 119 우리 학교·김지후 » 120 피아노·김윤태 » 121 함께 살기·김도윤 » 122 숙제·김채민 » 123 일기·강태훈 » 124 산불·조한울 » 125 좋아서 껴안았는데 왜?를 읽고·이한비 » 126 혼자 씻기·신지안 » 127 3월 달력·서혁준 » 128 하지 말라는 거 하지 말자·송인채 » 129 하루생활글 쓰는 법·송인준 » 130 ○○○선생님·지현우 » 131 회의·최시우 » 132 메타쉐콰이어·최유민 » 133 책·천명수 » 134 선생님·남민주 » 135 학교·양하린 » 136 마법의 시간 여행 3·한지빈 » 137 1학년·박영진 » 138 4.19·왕인지 » 139 평소와 다르게·강이안 » 140 선거할 때 마음·이은유 » 141 떨리는 선거·양하린 » 142 떨리는 마음·임채아 » 143 연필 깎기·예지완 » 144 커터칼·남윤우 » 145 첨찰산 오르기·강이안 » 146 숨바꼭질·강이석 » 147 연필 깎기·노하진 » 148 정말 아쉽다·김도훈 » 149 느림보 자전거·채인웅 » 150 닭의 달걀·류지환 » 151 백두산 천지·박성범 » 152 단오·이한주 » 153 대나무 자·유강산 » 154 돌탑·예지완 » 155 뛰어놀기·이한울 » 156 매실·김하준 » 157 어린이 장터·권도현 » 158 매실과 햇볕·김유화 » 159 책·박유주 » 160 숲속놀이터·채선련 » 161 학교·박승주 » 162 비 색·진승우 » 163 순돌이·김진엽 » 164 매실 꼭지 따기·유현욱 » 165 씨·유현욱 » 166 쑥 뜯기·이유찬 » 167 우리를 부르는 매실·최윤영 » 168 앵두 따기·박종민 » 169 내 동무 ○○·심정연 » 170 기분 좋은 파랑·권도율 » 171 동물들의 우당탕탕 선거·서준민 » 172 순돌이·강승민 » 173 재미없는 날·박민지 » 174 배·고승현 » 175

« 네엣 »
달팽이는 빠르다

풀매기·김진서 » 178 냄시·심준범 » 179 무당벌레·전다훈 » 180 배추와 사람·박소연 » 181 내 손·김현우 » 182 보리·심승범 » 183 풀·박민철 » 184 열무 씨앗·김태인 » 185 오늘 벼 타작을 했어요·김연재 » 186 벼·정지은 » 187 달팽이는 빠르다·강유하 » 188 어금니동부·조예준 » 189 메주콩·양하린 » 190 흙 뿌리기·조경현 » 191 콩벌레·천명수 » 192 오이·왕인지 » 193 검은 어금니동부·서민주 » 194 벼와 다슬기·이한주 » 195 팝콘·김병찬 » 196 보리 꿔 먹기·박소연 » 197 홀로 남은 얼갈이배추·정재명 » 198 모내기·신시호 » 199 전정일 표 고구마순·남민주 » 200 흙·송준우 » 201 아카시아 튀김·송준우 » 202 풀·김지후 » 203 텃밭·장원서 » 204 땀방울·이채연 » 205 밀·김규태 » 206 감자·이지안 » 207 대포·김영호 » 208 텃밭·박서아 » 209 텃밭 일·김아리 » 210

« 다섯 »
살아있는 시 쓰기 교육

어린이는 모두 시인입니다 » 214 시 맛보기 » 215 시 쓰기 교육의 목표와 시 쓰기 지도 » 226 아이들은 놀아야 합니다 » 228

부록 · 자연 속에서 일 놀이로, 글쓰기로 » 231

《 하나 》

풀들은
바람이 미는 대로
그냥 누워버린다

가재

전우진 (1학년, 2008)

용마골에서
형들이 가재를 잡았다.
그 가재
만지고 싶은데
형들은 못 만지게 한다.
나쁜 형들
몰래 가재를 만졌다.
"내가 만졌지롱~"
난 씨익 웃는다.

가재
귀여운 가재
나를 물었다
화기 안 나구
웅지인다.
바위질벽에서
떨어졌다.
워낙 아팠겠나

용막골 에서 잡은 **가재** 6/4
그림 4학년 김영웅

풀

강자현(2학년, 2008)

개똥산 무덤가
풀들이 흔들린다.
예쁘다.
꼭 별빛 같다.
잔디밭에 눕고 싶다.
풀들은
바람이 미는 대로
그냥 누워버린다.
풀들이 바람이 부는 데도
따뜻하게 보인다.
풀들이 나한테
안녕하고 인사해준다.

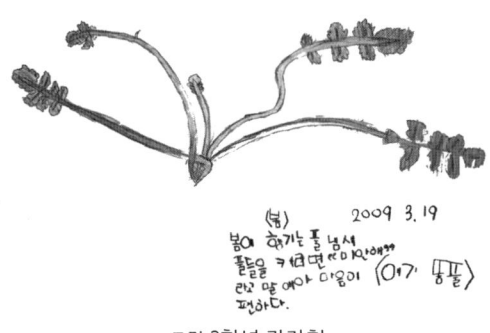

(봄)   2009. 3. 19
붉어 해가는 풀 냄새
풀들을 커면 믿으면 미있해''
라고 맡 에야 마음이 (여기, 똥풀)
편하다.

그림 3학년 강자현

돌 돌

김 결(2학년, 2011)

돌이
추울 것 같다.
내가 추운데
돌은
얼마나 추울까?

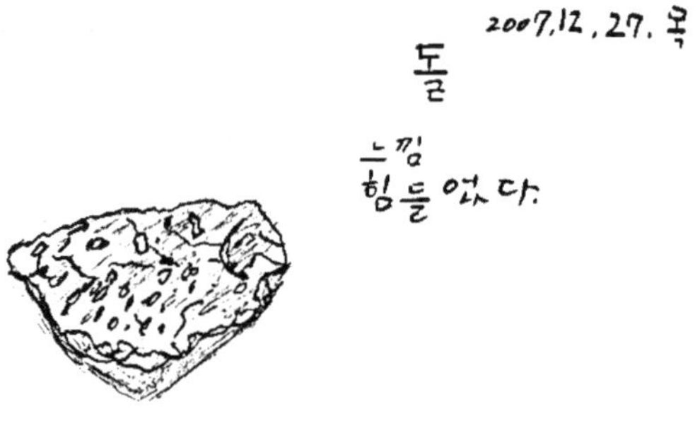

2007.12.27. 목
돌
느낌
힘들 었다.

그림 2학년 김현우

바람

손정원 (2학년, 2008)

바람아
난 널 잡고 싶어도 못 잡는다.
하지만 넌 죽지 않으니까 좋겠구나.
난 꼭 널 못 잡는 건 아니다.
손으로는 못 잡지만
마음으로는 잡을 수 있다.

〈원추리〉

그림 4학년 손정원

나무 그늘

왕인지(6학년, 2011)

나무그늘에 앉았다.
우리는 나무그늘 밑에 앉아 시원하지만
그늘을 만들어주는 나무는 더울 거다.
너무 크게 자랐고
너무 넓게 자랐고
우리도 가끔 나의 그늘에
무언가를
품어주면 좋겠다.

그림 5학년 왕인지

나무

김연재(3학년, 2011)

나무에 바람이 분다.
나무가
흔들흔들 분다.
바람이 나무를
후
분다.

산초나무
미선초 나무는
일기, 꼭 책상
똑 같다

2009. 5. 19

그림 3학년 왕준영

풍경

임정빈 (3학년, 2010)

어젯밤부터 오늘까지
눈이 내렸다.
아침 풍경이 아름답다.

눈이 많이 쌓였다.
바위,
나무,
철봉,
지붕,
마당,
탁구대에도 쌓였다.
나무위에 쌓인 눈이
벌레로 보인다.

그림 3학년 임정빈

눈 맞은 대나무

왕강수 (4학년, 2010)

대나무는
눈이 오면
목이 부러질 것 같다.
다른 나무들은
힘이 세서 그런지
눈이 많이 걸쳐져도
끄덕도 않는다.
대나무는
겨울에 힘을 다 써서 그런지
목이 추~우~욱

처져있다.
가을에
잎을 떨어뜨리지 않으려고
안간힘을 다 썼다.

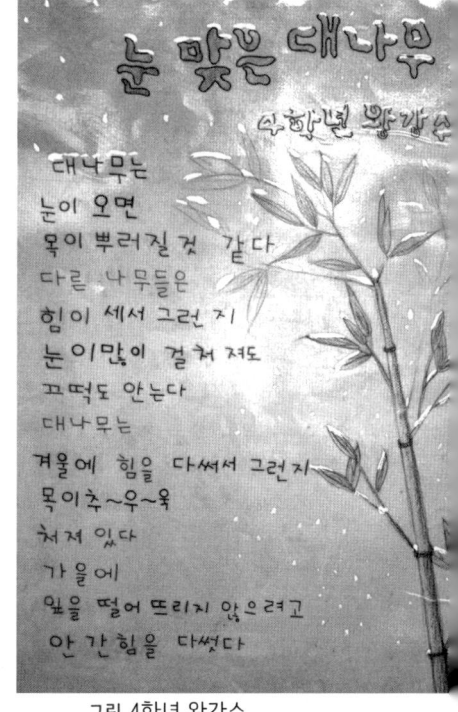

그림 4학년 왕강수

대봉시

박수찬(1학년, 2008)

가을 자연 속 학교

인지 누나 할머니 집 마당

대봉시

반을 쪼개면

손이 끈적끈적

다홍색 속살이 보인다.

한 입 물면

살짝 떫은맛

다시 한 입 물면

달달 녹는 맛

다시 한 입 물면

동무 것도

먹고 싶어진다.

그림 5학년 심준범

진달래

이서연(1학년, 2014)

진달래 핀 걸 봤다.
예뻤다.
따고 싶었지만
안 땄다.
꽃이 아플까봐
안 땄다.

진달래
그림 5학년 박영진

바람

김지안 (1학년, 2011)

누워 있는데
바람이 머리 위를 휙 지나가고
누워 있는데
바람이 풀을 기울였다 다시 쭉 펴고
누워 있는데
바람이 나무에 있던 나뭇잎을
하나 떨어뜨렸다.

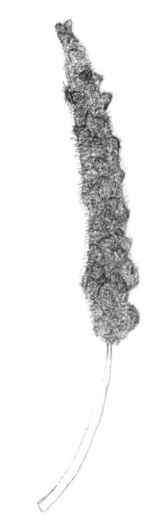

그림 3학년 김지안

쑥덕쑥덕

손정원 (4학년, 2010)

쑥 뜯으러 간다.
사람들은 쑥덕쑥덕
말하며 간다.
쑥 뜯을 때
쑥 뜯다 말고
또 쑥덕쑥덕
말하면서 뜯는다.

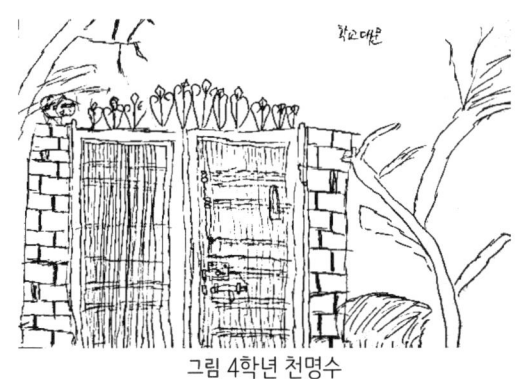

그림 4학년 천명수

눈

양근학 (3학년, 2010)

오늘 눈싸움을 했다.
신난다.
나는 눈싸움이 신나고 재미있다.
찬송이랑 나랑 눈싸움을 했다.
신난다.
나는 발도 꽁꽁 얼었고
손도 꽁꽁 얼었다.
나는 눈싸움을 하면서
바지도 젖었다.
신난다.

그림 3학년 왕인지

하늘 기운

전호진(6학년, 2009)

하늘이 참 맑고 파랗다.
또 한쪽 하늘은 검고 흐리다.
파란 하늘은 맑은 기운을 주고
검은 하늘은 흐린 기운을 준다.
요즘 나는 흐린 기운을 받고 있다.
힘들고 짜증 나고 화나기 때문이다.
이제 해맑은 기운을 받고
기쁘고 즐겁게 살아야겠다.
하늘 덕분에
내 기운들이 죽었다 살아난다.
고맙다.
따스한 마음을 가진 하늘아~~

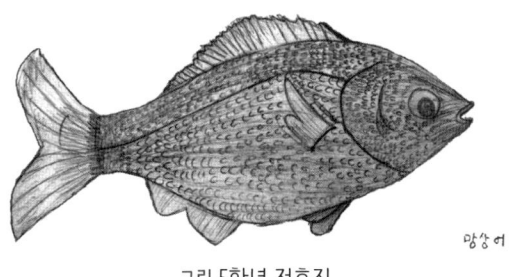

망상어

그림 5학년 전호진

용마골

양지성(1학년, 2018)

물에서 빠졌는데
괜찮았어요.
왜냐면요.
1학년이 됐으니까요.

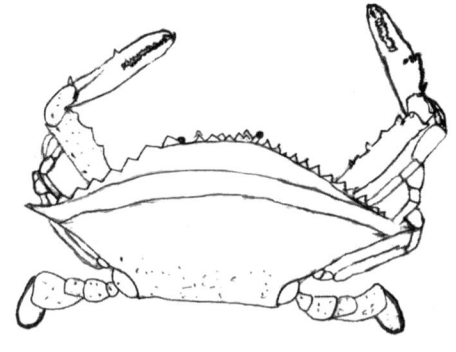

그림 3학년 전우진

나비

송하윤(5학년, 2022)

나비가 날고 있다.
난 나비 잡는 걸 좋아해서
잡고 싶었는데
오늘은 오히려 내가 나비한테 잡혀서
빨리 올라갔다가 내려오고 싶다.
나비한테 잡혀가고 싶다.

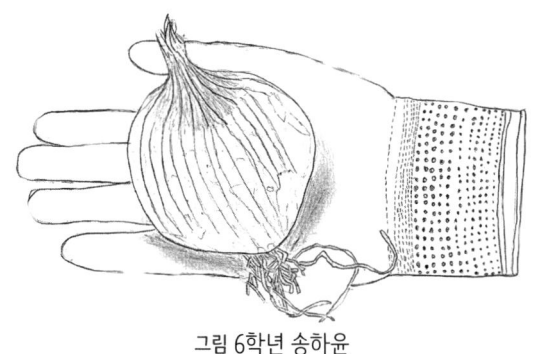

그림 6학년 송하윤

빗소리

송인채(5학년, 2020)

하늘에서 내리는 비는

다 똑같은데

소리는 다르다.

우산에 떨어지는 빗소리는

토독토독

땅에 떨어지는 빗소리는

투툭 쏴아

물웅덩이에 떨어지는 빗소리는

텀벙텀벙

작곡 김나운, 송인준, 송인채

산

장현서(1학년, 2012)

바닥에 누워보니까
하늘이 어느 쪽은 연하고
어느 쪽은 파랗다.
바람이 부니까
나뭇잎이 위, 아래로 흔들렸다.
바람이 안 부는데
나무가 흔들렸다.
하늘을 보니까
그리고 싶다.

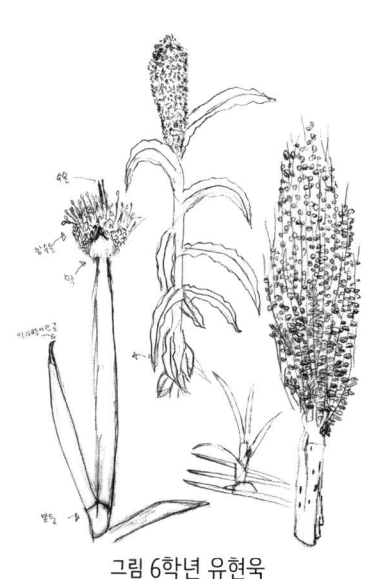

그림 6학년 유현욱

나무가 흔들려서 나한테 쓰러질 것 같아요

김동엽(2학년, 2012)

나무가 나한테 쓰러질 것 같다.
너무 많이 흔들린다.
그래서 처음엔 밑에서
엄청 여러 마리의 개미가
흔드는 줄 알았다.
근데 지금은 그런 생각 0.00001%도 안 든다.
저 나무가 바람도 안 부는데 흔들려서
밑에서 뭐가 흔드는 게 분명하다.
하지만 아닐 가능성도 있다.

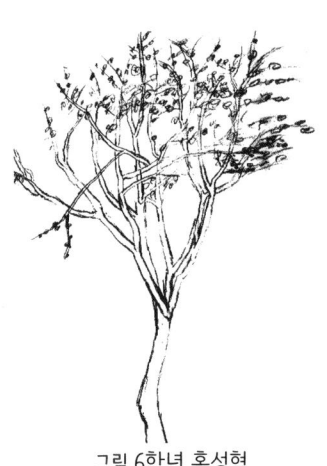

그림 6학년 홍성혁

파란 하늘

강소현(3학년, 2012)

하늘에
파란 물감을 부어놓은 것 같다.
진짜 도화지에 부으면
저렇게
고운 빛깔이 날까?

그림 2학년 강소현

버찌

왕정수 (5학년, 2008)

버찌
통통한 검은 구슬
토독 맛있어서
줄곧 따먹는다.

그 욕심은
먹어도 먹어도 끝이 없다.
버찌는 아무렇게나 먹어도 맛이 있다.

버찌
통통한 검은 구슬
달고 쓴 사탕

장수하늘소 (천연기념물)
(2일소)

그림 5학년 왕정수

관악산 용마골

김소율(1학년, 2023)

산에 올라와서 내려올 때
바람 소리가 들렸어요.
강물 소리도 들렸어요.
개구리알을 봤어요.
도롱뇽알을 봤어요.
나무가 흔들리는 걸 봤어요.
바위에 물이 비추는 걸 봤어요.

나무에 길쭉한 열매가 열렸어요.
그 열매가 떨어진 다음에 제가 봤는데요.
송충인줄 알았어요.
그래서 만져봤더니 열매였어요.

낙엽 위를 걸을 때
바삭바삭 소리가 나서 좋았어요.
저는 왜 그 소리가 나는지 궁금했어요.

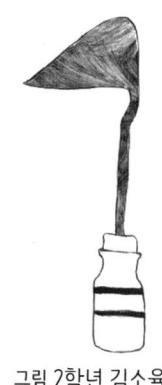

그림 2학년 김소율

물소리

신지안 (3학년, 2024)

명상을 했는데
물 흐르는 소리가 정말 좋다.
하지만 용마골 골짜기에서는
떨어져서 다칠 수도 있다.
또 물에 빠질 수도 있다.
그게 조심할 점이다.
나는 조금 다쳤지만
물에 빠지지는 않았다.
바람소리가 귀에 들린다.
골짜기에는 조그만 폭포도 있고
저 멀리에 있는 폭포를 바라보는 것도
정말 아름답다.
물이 떨어지는 바위도
참 아름답다.

그림 3학년 신지안

가재, 물소리, 개구리, 도롱뇽

양지온 (3학년, 2024)

가재를 못 잡아서 속상했다.
도롱뇽도 보고 개구리도 봤다.
귀여웠다.
명상할 때
가재가
나무를 집게로 찝는 소리랑
물소리가 들렸다.

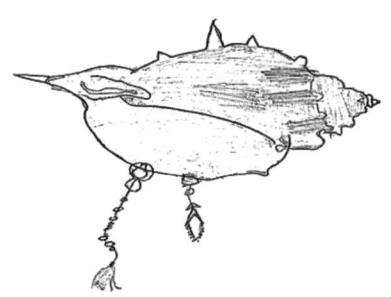

그림 3학년 양지온

봄의 느낌

임설아(3학년, 2024)

봄이 느껴진다.
물소리가 챠르르
후하고 부는 바람
물소리를 들으면서
명상하는 소리는
낙엽이 부스럭 부스럭
바람이 후 부니까
나무가 흔들리는 소리
바위에 앉아서 물소리를 들으니
기분이 시원하듯
우리 마음도 시원시원하다.

그림 3학년 임설아

가을 산

이소윤(2학년, 2023)

한 발짝 걸으면 바스락
두 발짝 걸으면 바스락바스락
조용히 있으면 바람 소리
초록색 나무들이 옷을 갈아입는다.
가을 산에 오면
가을을 느낄 수 있다.

그림 3학년 이소윤

개구리알, 도롱뇽알

이시환(2학년, 2024)

개구리알이랑
도롱뇽알을 봤다.
도롱뇽알에서
도롱뇽 한 마리가 나와서
나머지 도롱뇽을 깨울 것 같다.

그림 2학년 이시환

소리

지해솔(1학년, 2023)

명상할 때
시냇물이 졸졸졸
소리가 들렸다.
바람 소리도
이따가 들렸다.
아무 생각이 없었다.
가재가 트림할까 라는
생각을 했는데
안 났다.

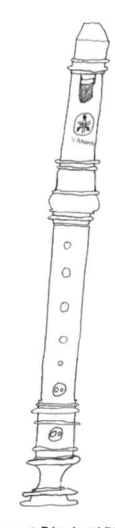

그림 2학년 지해솔

봄

최시화(1학년, 2023)

학교에 온 게 재미있다.
숲 속 놀이터 재미있었다.
도롱뇽 봤다.
개구리도 봤다.
왕개구리도 봤다.

그때 박경실 선생님이 보고 싶었다.
박쌤이 좋다.

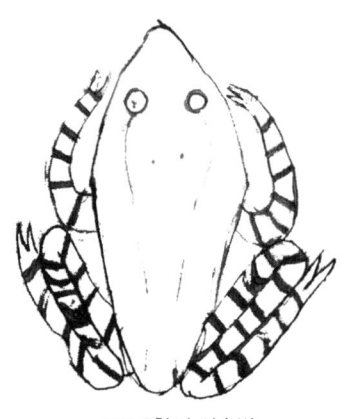

그림 3학년 심승범

덜덜덜

박민주(6학년, 2023)

산을 올라오는데
덜덜덜
잠깐 쉬는데
덜덜덜
해가 있는데도
덜덜덜
올라오는 시간마다
덜덜덜

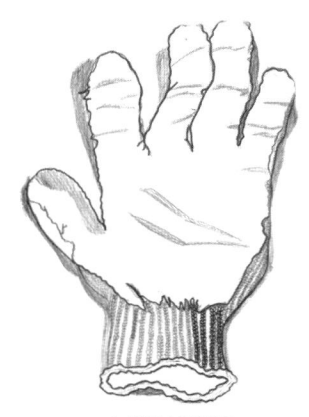

그림 6학년 박민주

오르막

송하윤(6학년, 2023)

오르막을 오르고 있으면
웃음기가 사라진다.
그리고 오르막에선
아이들의 발소리와 숨소리가
아이들의 유일한 말이다.

그림 5학년 김현우

우면산

곽동하(2학년, 2021)

산에 올라갔다.
총소리가 났다.
내려올 때
비 내려서
"머리 감아." 라고
이야기했다.
차가웠다.

그림 5학년 곽동하

우면산

채지안 (3학년, 2019)

우면산에 왔다.
내가 내 가방을
다른 사람한테 맡기니까
나도 다른 사람 가방을
들어주고 싶어서 들어줬다.
올라 와서 명상을 했는데
안 좋은 생각이 없어지고
기운이 생겼다.
기분이 좋다.

그림 6학년 강이석

도롱뇽

구본준(5학년, 2016)

도롱뇽을 보았다.
귀여웠다.
도롱뇽 알을 보았다.
기다란 주머니 안에
구슬들이 들어있는 거 같다.
만지고 싶지만
도롱뇽알이 화상을 입을까 봐
멀리서 보기만 했다.

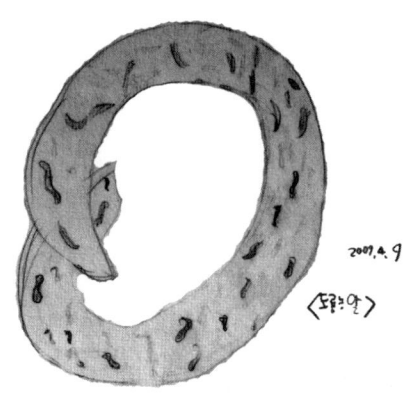

그림 3학년 박소연

우면산에 와서

최한울 (3학년, 2024)

우면산에 오면

정상까지 가느라 힘들겠지만

정상에 닿으면

신나는 일을

많이 기록할 수 있다.

내가

다리 아팠던 것까지 말이다.

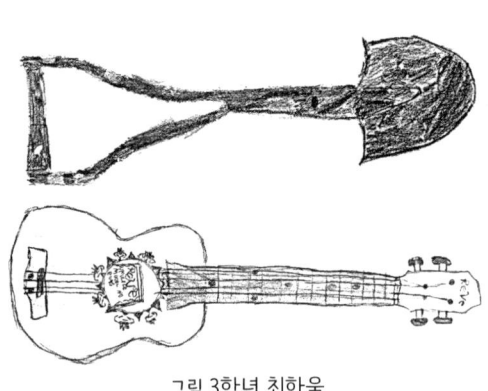

그림 3학년 최한울

용마골 명상

이윤건(1학년, 2024)

120초 명상인데
눈을 줄곧 떴다 감았다 해서
1분 밖에 못했다.

그래도
물소리를 들었다.

찰랑찰랑 소리가 났다.

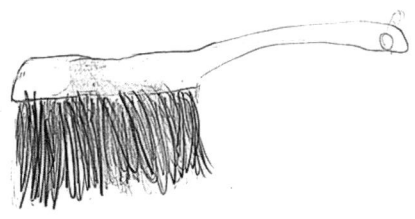

그림 1학년 이윤건

용마골

이준호 (3학년, 2024)

도롱뇽을 봤다.
검정색이었다.

도롱뇽은 춥지 않을까?

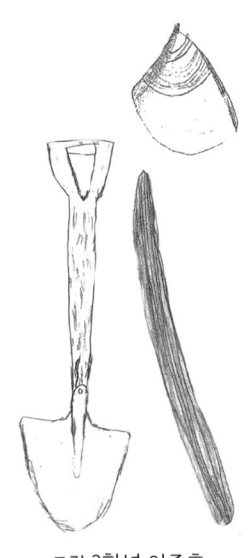

그림 3학년 이준호

산

채아오(5학년, 2024)

졸졸졸 물소리
높은 바위와 작은 바위
노란 개나리와 보라 철쭉
쑥쑥 자란 나무와
사북사북 낙엽...

많이 올라갔다.

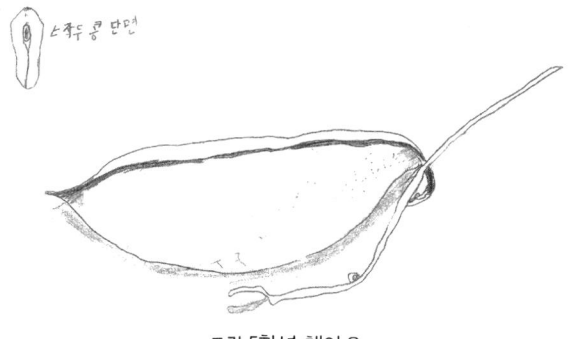

그림 5학년 채아오

흐르는 물

박시현(1학년, 2024)

흐르는 물
물이 흐르고 있다.
폭포 소리가 난다.
물이 흐르는 소리다.
쏴아아~
안 좋은 마음이
소리와 함께 내려간다.
시원하다.

그림 1학년 박시현

끈끈이주걱

임유찬 (2학년, 2012)

오늘 나는 끈끈이주걱에
꽃이 핀 걸 봤다.
여태까지의
보람이 느껴진다.

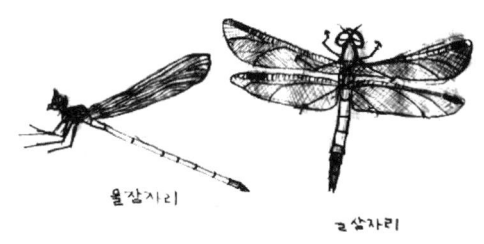

물잠자리

고추잠자리

그림 4학년 전호진

도롱뇽

양정원 (1학년, 2025)

위에서 개구리알
도롱뇽알 만졌다.
도롱뇽알은
투명색에
비닐봉투 느낌

개구리알은
포도같이 모여서
동글동글 맨들맨들

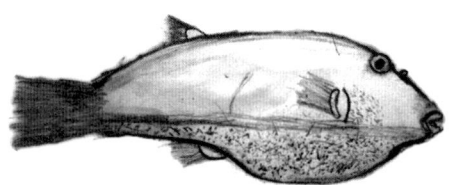

그림 2학년 심승범

용마골

박성찬(2학년, 2010)

시원했다.
빠져서 시원했다.
빨리 말라서 싫다.
물소리가 좋다.
물소리가 찰찰찰
햇볕은 노랗다.
햇볕은 따듯하다.

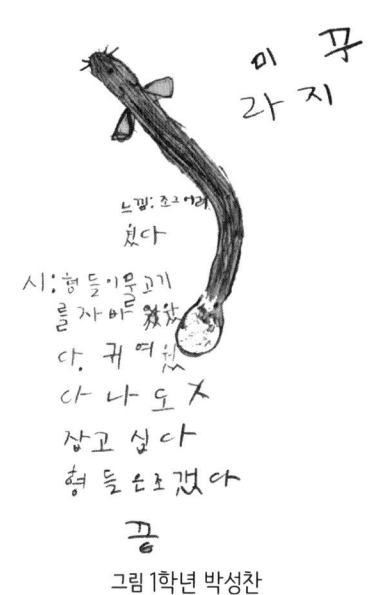

느낌: 조크 여려
웠다

시: 형들이 물고기
를 자 바 됐잖
다. 귀여웠
다 나 도 차
잡고 싶다
형 들 소 겠다
끝

미꾸
라지

그림 1학년 박성찬

《 둘 》

모두가 다 다르다

기후변화를 막을 거야

박소연(4학년, 2010)

요즘 날씨가 이상해.
어떤 곳은 다 말랐고
어떤 곳은 비 때문에 피해를 입고 있어.
이게 다 지구온난화 때문에
생긴 기후변화야.
나는 지구온난화 막으려고 노력할 거야.
이제 물건을 아껴 쓰고
온실가스도 적게 배출해야겠어.
필요 없는 물건은 안사고
쓸모없는 물건은 팔고 그래야겠어.
지구온난화로 인한 피해를
막을 수 있는 만큼 막을 거야.
바다도 땅도 우리나라도
피해를 막을 거야.
꼭!
기후변화를 막을 거야.
나를 생각해서도 그렇지만
다른 섬나라를 생각해서도
기후변화를 막을 거야.

그림 4학년 박소연

동생

심준범(6학년, 2010)

밥을 먹고 있다.

그때 동생이 책을 보고 있었다.

나는 내가 아끼는 책이어서 덮으라고 했다.

그런데 듣기는커녕 대들기만 한다.

"으~" 폭발하기 직전이다.

이때 동생이 "준범아" 라는 말을 했다.

"쿠궁" 드디어 폭발했다.

내 의지와 상관없이

손이 출동한다.

"슉~~~~" "끽!"

하지만 앞에서 멈춘다.

뭐 하지도 못하는 나

짜증난다.

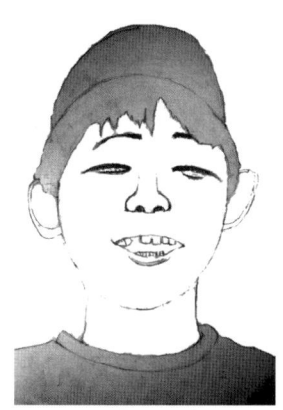

그림 4학년 심승범

내 동생 이서희

이세영(3학년, 2010)

동생의 눈빛이
반짝반짝 빛났다.
천사처럼 예뻤다.
난 동생이 좋다.
동생의 별명은
귀염둥이 강아지
난 동생이 좋고
동생이랑 같이 있으면
웃음이 나온다.

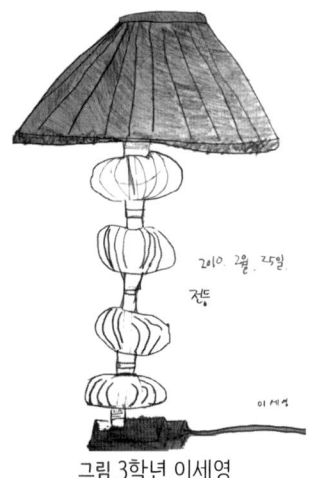

2010. 2월. 25일
전등

이세영

그림 3학년 이세영

알록달록 우리 식구

김찬송(2학년, 2010)

검정색하면 아버지 글러브
보라색하면 똥 싸는 풍뎅이
살색하면 어머니가 아버지 발톱 뜯는 거
검정색하면 어머니 구두가 생각나요.
초록색하면 내 옷이 생각나요.
초록색이랑 하얀색하면
훌라우프가 생각나요.
빨강색하면 축구공으로 노는 오빠
검정색하면 사슴벌레가 생각나요.
노란색하면 꽃이 생각나요.
빨강색하면 할머니 옷이 생각나요.
빨강색하면
할머니가 좋아하는 장미꽃이 생각나요.

그림 6학년 손지수

두 갈래로 나뉜 개울

김나윤(4학년, 2019)

개울이 나뉘어도 똑같은 개울이다.
무언가에 의해
두 갈래가
서로 다르다 해도
같은 개울이다.
사람도 그렇다.
여자와 남자는 다를 것 하나 없다.
다 같은 사람이고,
모두에게
차별받지 않을 권리가 있다.
예전과는 다르게
모두가 평등하게
당당히 다닐 권리가 있다.
'남자는 이래야지~'
'여자는 이래야지~'
하는 편견을 버리고
모두가 같은 '사람'이라는 생각으로
조금씩 나아가는 것.
이것이 내 머릿속의 '성평등'이다.

더움

조이준 (3학년, 2018)

나무는
어떻게 그 더위를 견딜까?
나는
말라 죽어버릴 거 같은데.

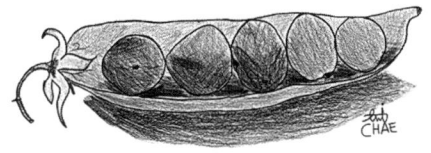

그림 6학년 김채원

나무와 사람의 인생

최수인(5학년, 2014)

나무가 있다.

모든 나무는 봄이 되면

연두색 잎이 열려 있고

여름이 되면 초록색 잎이 열리고

가을이 되면 빨간색, 주황색, 노랑색이 된다.

겨울이 되면 잎이 떨어진다.

나무의 인생은 항상 똑같다.

하지만 사람에 인생은

나무처럼 되지 않고

성격, 생각이 바뀐다.

그림 6학년 김채원

사람과 동물의 차이점

남민주 (6학년, 2018)

미국에 왔다.

미국 사람들은 미국말을 한다.

우리는 한국말을 한다.

그런데

동물들은 미국에 가든

어떤 다른 나라에 가도

똑같이 짖고

똑같이 얘기한다.

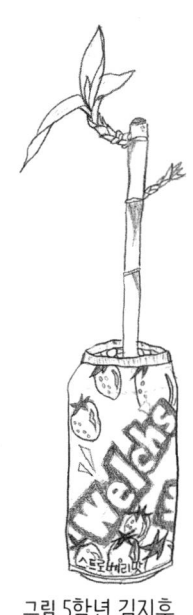

그림 5학년 김지후

다름

손지수 (4학년, 2022)

모두가 다 다르다.
모두가
꼭 똑같아야 하는 법은 없다.
그래서
이 세상은 재밌는 거다.
모든 사람이
다 똑같으면
재미없다.

그림 6학년 손지수

한 사람과 두 사람

나지율(6학년, 2020)

한 사람과 두 사람 차이는 정말 크다.
언제나 누구 한 사람이 옆에 있으면
참 든든한 거 같다.

많이 보더라도

나지율(6학년, 2020)

우리는 맨날 보는 게 있다.
바로 '사람'이다.
가족, 동무, 선생님, 모르는 사람
정말 많다.
우리는 그냥 아무 생각 없이
사람을 보고 지나간다.
하지만
깊이 생각해 보면
그 한 사람 한 사람이
얼마나 큰일을 하고 있는지
알 수 있다.

그림 5학년 나지율

내 속에는 무엇이 들어있을까

박성준 (6학년, 2014)

내 속에는 무엇이 들어있을까.

내 속에는 학교에서

친구들과 놀면서 뭔가를 보면서, 하면서 배운 지식,

살면서 위험했던 순간에 스스로 배운 지식이 있다.

어머니, 아버지, 내 가족들에게서 받은 사랑도 있다.

친구들, 형, 누나, 동생들과 살아가면서

쌓은 우정이 있다.

움직이고 먹고 하면서 얻은 기운,

내 피와 살이 되고 뼈가 됐다.

선생님들 같은 어른들에게서 옳고 그름을 배웠다.

나는 내 친구들, 내 주위 사람들에게 믿음이 있다.

의리도 있다.

여기저기서 배워서 해보고 몸에 익은 기술도 있다.

선생님, 부모님, 또 다른 어른들이

날 길러주신 은혜가 있다.

그리고 내 속에는 안 좋은 것도 있을 거다...

그래도 나에게 추억이 있고

나를 아껴준 모두의 마음이 담겨있다.

다른 것들이 더 있겠지만,

다 적을 순 없지만

날 길러준 온 우주에 감사하다.
이 모든 것들이
박성준 안에 있기에
박성준이 있다.

학교

박소연(6학년, 2012)

학교란 무엇인가.

선생님들께 질문을 던지고 싶다.

학교는 필수인가.

아이들에게 질문을 던지고 싶다.

대안학교는 잘못된 것인가?

지나가는 사람을 붙잡고

물어보고 싶다.

일반 학교가 안 맞아서

더 나은 대안을 찾았다.

하지만 정부가 인정을 해주지 않는다.

검정고시를 안 보면

초등과정 졸업을 안 한 것이 된다.

게다가 나이 제한도 있다.

더 나은 대안을 찾고

그 학교에 다니는 것이

교육청은 마음에 안 드나 보다.

인가 비인가 없는 세상! 교육이 평등한 세상!

학교 차별 없는 세상이 왔으면 좋겠다.

쌀 한 톨

왕강수 (1학년, 2007)

저녁밥 먹을 때
내가 어머니한테
1년에 밥 한 톨 나냐고 물었다.
근데 어머니가 그런다고 했다.
우린 할머니가 쌀 준다.
그래서 택배비만 내면 된다.
우린 정성껏 먹고 흘리지 않을 거다.
그리고 할머니가 쌀 보내줘서 고맙다.
남김없이 먹을 거고
정말~ 고맙다.

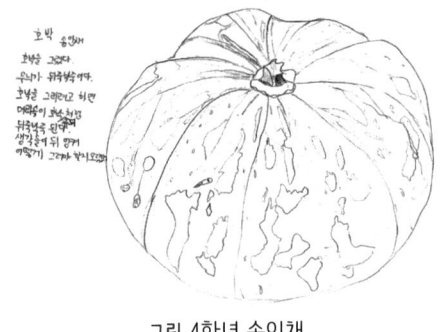

그림 4학년 송인채

어른들의 외로움

엄정우(2학년, 2014)

어른들은 외롭다.
아이들 학교 가고 혼자 있을 때 외롭다.
아이들이 학교 갔다 오면
아이들과 함께 있는 황금 같은 시간.
하지만, 아이들은 가방 던져 놓고 나간다.
그 시간도 외롭다.

성범이 형

엄정우(2학년, 2014)

성범이 형이랑 노는데,
분명히 성범이 형이 밖에 있는데,
성범이 형네 집에 불이 켜져 있다.
전기세가 많이 나갈 텐데...
후...
우리 집은 아니어도 걱정됐다.

라면

원종현(5학년, 2018)

오늘은 라면을 먹었다.
근데 혼자 먹어도 맛있지만
친한 친구 하고 먹으면 더 맛있고
어머니 몰래
라면을 끓여 먹으면
더 맛있을 것 같다.

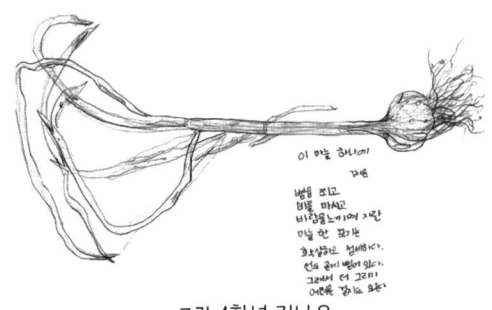

그림 4학년 김나윤

마음의 방

이동규 (5학년, 2020)

내 방에는 분노와 느긋함이 함께 있다.
분노는 짜증 나서 화내는 것이고
화를 풀어주는 것은 느긋함이다.
나는 화나면
느긋한 방으로 간다.
나는 느긋한 방에서
어떤 물건을 만지며
화를 푼다.

그림 6학년 이동규

외로울까봐

엄지우(5학년, 2014)

할머니, 할아버지 뵈러
노인 복지관에 갔다.
김장한 김치와
떡을 가지고 갔다.
할머니, 할아버지 뒤에
서 있으라고 하셨는데
다들 어색해서인지
선생님 주위에
몰려있다.
나는 뒤에 애들이 없는 분들은
외로울까봐
그분들 뒤에
조용히 아주 조용히 갔다.

그림 6학년 이현준

개미와 나

엄지우 (5학년, 2014)

모종을 심으려고 땅을 파니
개미가 와르르르
으악! 사람이다.
고함치며 숨는다.
나도 깜짝
으악! 개미다.
고함치며 물러난다.

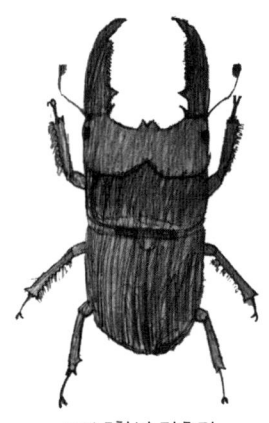

그림 5학년 전호진

탈핵

신윤우(1학년, 2023)

탈핵 공부를 했는데
너무 힘들었다.
선생님들이 이야기를 너무 많이 해서
힘들고 지쳤다.
북극곰은 북극에서 사는데
얼음이 점점 사라져서
북극곰이 살 데가 없어져서 불쌍했다.
그래서 앞으로 집에서 잘 때
불을 끄고 잘 거다.

그림 2학년 신윤우

어른들은 왜 그래?

김채원 (5학년, 2023)

어른들은 왜 그런지 모르겠다.
기후위기가 얼마나 심각한지도 모르면서
물과 전기를 마음대로 쓴다.
기후 공부는 하지도 않았으면서
기후에 대해 함부로 말하고
아무리 설명해줘도
다 흘려보내면서
어른들이 아이들보다 아는 게 많다고?

어른들은 아무것도 모르면서
가끔씩 맞장구를 쳐줄 때가 있다.
"아 그렇게 심각한 줄 몰랐는데."
"우리가 더 애를 써야겠다."
'우리'가 아니고
'어른들'이라고 말을 바꿔야 할 것 같다.

힘들어도 꼭 참아

이정우(5학년, 2022)

산을 오른다.
험해도 다시 올라가.
쉴 때 쉬고
다시 올라가.
힘들어도 꼭 참고
꼭대기에 올라가면
힘들지만 경치가 좋고
기분이 좋다.

그림 6학년 엄지우

돈

송인채(3학년, 2019)

할머니, 할아버지가 용돈을 아주 많이 주신다.

돈이 많지도 않으시면서

맨날 뭐 사주시는데

돈을 많이 주시니까

돌려드리고 싶다.

그런데

동생이

"뭐 사죠."

"돈 줘."

할 땐

한 대 때려주고 싶다.

그렇지만 한마디도 못 하고

돈을 그대로 가져간다.

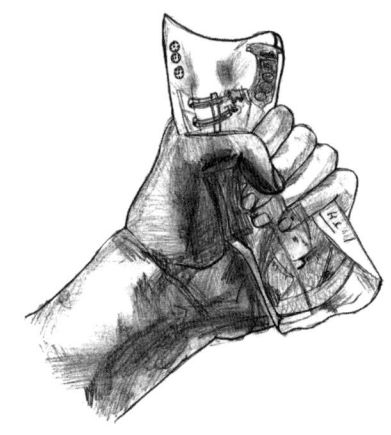

그림 5학년 서민주

뛰지 마, 하지 마

김우철(1학년, 2014)

"어! 뛰지 마. 우철."
엄마는 맨날
"하지 마! 뛰지 마!" 래.
이제부터
엄마 이름은
"하지 마, 뛰지 마!" 야.

그림 6학년 김도윤

친구

박성준 (6학년, 2014)

나는 친구 없으면 못 산다.
말도 통하고
노는 방식도 비슷해서
맨날 맨날 놀고 싶다.
친구 없는 인생은
상상도 못하겠다.

그림 6학년 김나윤

길

김윤슬 (5학년, 2022)

길은 어디에나 있다.
사람들이 다니지 않을 뿐,
사람, 동물, 곤충, 바람들이
지나가는 곳은
그곳이 어디든
길이 될 수 있다.

계절

김윤슬 (5학년, 2022)

계절은 아름답다.
봄이 있어야
여름이 아름답고
여름이 있어야
가을이 아름답고
가을이 있어야
겨울이 아름답다.

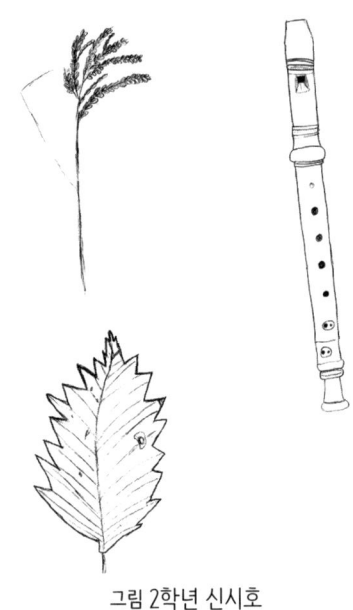

그림 2학년 신시호

밥

이현준 (5학년, 2022)

밥은 사람을 움직이게 한다.
밥 먹는다는 소리가 나오면
쏜살같이 뛴다.
밥은 사람의 힘인 거 같다.

4/6 앉은 뱅이 강낭콩

밑에서 껍길 벗길 때는 아팠는데 지금 만져보니 안 아프다
밑 껍길은 거칠거칠하지만 알은 매끌하다 알 매는 그냥 똑같다
사람은 겉모습만 판단하지 말라고 했다. 그게 알 인가?

그림 4학년 조이준

고마워

김영아 (3학년, 2020)

어머니는 출근해서
우리만 집에 있다.
오빠는
나한테 잘해준다.
그래서 내가 좋아하는 거다.
오빠는
밥도 해주고 놀아도 준다.
나는
그래서
오빠가 엄청 좋다.

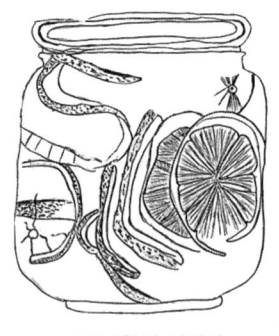

그림 6학년 김영아

우리 동생

남희주(5학년, 2014)

우리 동생은 어머니 배에서 태어났다.

나도 물론 어머니 배에서 태어났다.

나는 이런 생각을 했다.

"민주가 내 필통 안에서 태어났으면 얼마나 좋을까?"

그러면

내가 꺼내고 싶을 때

꺼내고

꺼내기 싫을 때는

안 꺼내도 되니까다.

우리 동생이 필통에서 태어났으면

아마 내 마음대로 움직이겠지.

그림 1학년 남희주

동생 짜증

이은후(3학년, 2017)

여행 갈 때
동생이 나한테 짜증을 냈다.
나는 동생이
나를 때리고 까불고 화내서 싫다.
그런데
내가 때리면 동생이 운다.
나는 그게 이해가 안 갔다.
그런데
내가 동생이 울 때
안아줄 때도 있다.
그러면 기분이 좋다.

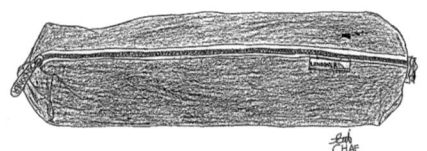

그림 6학년 김채원

고래를 삼킨 바다

노우진(1학년, 2025)

고래가 죽었다.
마음이 안 좋았다.
그래서 나도 쓰레기를 줄이고 싶다.
난 페트병을 줄이고 싶다.
페트병을 안 쓰고
물통을 쓰면 좋겠다.

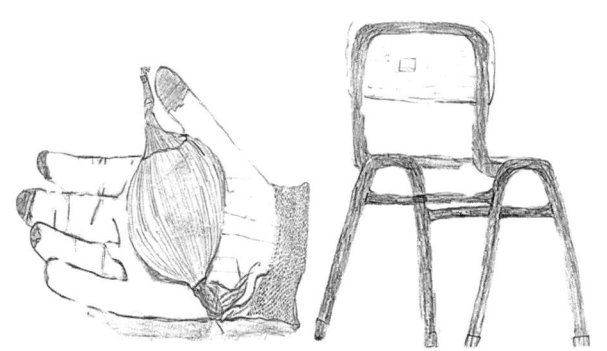

그림 6학년 강태훈

대안학교 차별 X

서민주 (5학년, 2015)

대안학교라고
놀기만 하는 학교라고
말하는 사람들은
대안학교를 모르는 거다.
대안학교에서는
공부가 자유롭지만
그렇다고 놀기만 하는 건 아니다.
수학, 음악, 영어...
많이 한다.
그래서 대안학교라고
차별하면 안 된다.

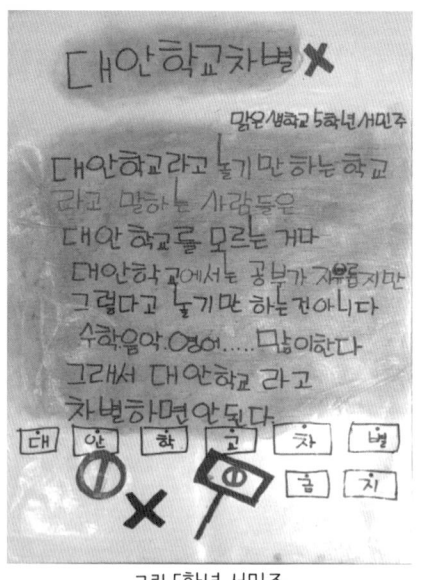

그림 5학년 서민주

아버지

박민규 (4학년, 2015)

우리 아버지는 애들의 친구다.

애들 편만 들고 친구처럼 같이 논다.

집에 올 때

"안녕하세요. 아빠 사랑해요." 라고 한다.

목요일엔 같이 놀고

다른 날엔 9시에 오신다.

일할 때 보면 신기하다.

집에 들어올 때

짐이 많고 선물도 많다.

우리 아버지.

그림 6학년 박민주

누나가 어디 갔는지 궁금하다

김준희(4학년, 2024)

누나는 맨날 어디 가면 늘 늦게 온다.
누나가 어디서 무얼 하는지 궁금하다.
우리는 집에 편하게 있는데
누나는 어디서 이렇게 늦게 오는지 모르겠다.
누나는 왜 이리 늦게 들어오는 걸까?

2020.8.31
제목:준희

그림 6학년 김단희

《 세엣 》

우리 학교

공부

박시우(6학년, 2020)

공부는
누가 시켜서 하는 게 아니라
스스로 하는 것이다.
스스로 하면
더 뿌듯하고
공부가 잘되기 때문이다.

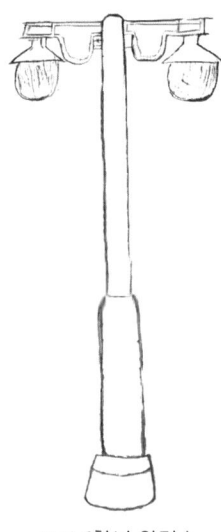

그림 6학년 왕정수

학교

송인준 (5학년, 2019)

학교가 그립다.
학교가 이렇게 가고 싶은 적이 없었다.
코로나19가 빨리 없어지고
학교에 가고 싶다.

그림 6학년 송인준

시

박성준 (6학년, 2014)

시는 짧지만
그 짧은 글에
아주 큰 뜻을 갖고 있다.
아주 큰 우주에
지금도 커지고 있는 우주에
수많은 생명이 살고 있는
우주에 비하면
작은 지구처럼 말이다.

강아지풀

그림 2학년 박성준

끔찍한 수학 문제 5형제

김영웅 (5학년, 2010)

아침에 학교에 오면 늘~
수학 5문제가 기다리고 있다.
늦으면 5문제 더
9시까지 못 풀어도 5문제 더
수학 문제가 없는 날도 있지만
있는 날이 더 많다.
그래서 문제가 너무 귀찮고
짜증 나고 어렵고 화난다.
수학 문제 5형제
혼내주고 싶다.

그림 4학년 왕강수

먹기 싫은 것

박영진(6학년, 2010)

먹기 싫은데 꼭 먹으라니
보기도 싫은 걸 꼭 먹으라니
억지로 먹게 해서 고문 같다.
어쩔 수 없이 꼭꼭 씹는데
토하고 싶은 내 마음
꼭 먹어야 되는 것도 아닌데
안 먹으면 죽는 것도 아닌데
일부러 먹이니 울고 싶다.
먹기 싫은데.

그림 6학년 박시우

좋은 글

최세화(4학년, 2021)

좋은 글이란
다른 사람 눈치 보지 않고
정직하게 쓰는 것이다.
자신의 진짜 마음을
숨김없이 써야 한다.
만약 거짓을 꾸며내 쓴다면
그건 진짜 좋은 글이 아니다.

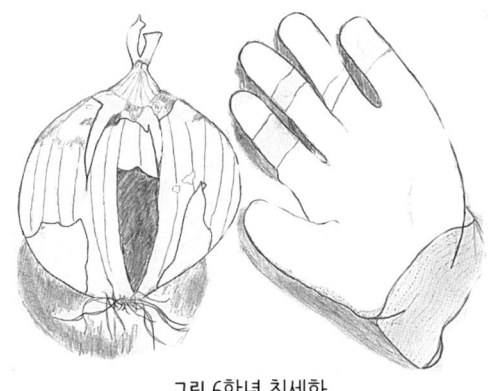

그림 6학년 최세화

좋은 시

김단희(6학년, 2020)

선생님이
시를 딱 들었을 때
그래 맞아!
하는 생각이 들면
좋은 시라고 했다.
나는 좋은 시
못 쓰겠다.

감

그림 4학년 왕인지

함께 살기

송인채(5학년, 2019)

우리는 자연속학교에 와 있다.
집에 있었다면
내 마음대로 하면서
편하게 지내고 있을 거다.
하지만 자연속학교에서는 그럴 수 없다.
서로 배려하고
불편하더라도
조금은 참아주는 것
그게 함께 살기다.

그림 6학년 박영진

우리

김영호 (5학년, 2019)

내가 생각하는 우리는

너다.

이 세상에 존재하는

우리는

모두 너인 것이다.

왜냐면 나와 너가 있어야

우리가 생길 수 있으니.

우리는

결국 너다.

68억 명의 너가 있다.

우리 학교에는 51명의 너가 있다.

저번에 선생님이

이 세상에서는 혼자 살 수 없다고 했다.

결국 너가 있어야 우리가 생기니

이 세상에 있는 모두에게 고맙다.

딱지 따먹기

천명수 (4학년, 2007)

딱지를 딸 때면
가슴이 쿵덕쿵덕
"땄다!"
준영이랑 덥석 껴안는다.
딱지를 따먹힐 때면
"안돼!"
준영이랑 딱지를 저주를 건다.
"털썩"
따먹혔다.
"다시 한 번 하자!"
누가 따먹힐 줄 모르는 한판 승부.
숨이 막힌다.

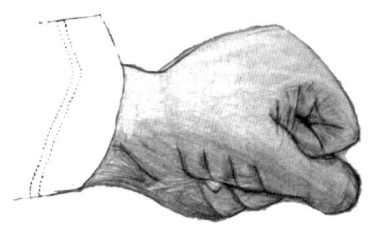

그림 5학년 심준범

청소하는 1학년

왕준영(5학년, 2009)

1학년의 청소는 웃긴다.
누구는 쓸지도 않은 데 닦고
누구는 걸레질하다가
방귀를 피쉬쉬쉬쉬쉬 낀다.
청소도 물 묻힌 걸레를
똥같이 뭉쳐서 문질거리고
먼지를 밟으면서 돌아다닌다.
이렇게 하면 어떻게 청소를 할까?

그림 1학년 전우진

산 넘어 산

홍성혁 (5학년, 2007)

관악산 연주대 가는데
저 건너에 연주대가 보였다.
저 산봉우리 하나만 넘으면
연주대가 나올 것 같은데
그 산봉우리를 올라가면
또 다른 산봉우리가 그 앞에 있다.
저 산봉우리만 넘으면 되겠지 생각하고
그 산봉우리를 올라가면
또 산봉우리가 하나 더 있다.
정말 산 넘어 산이다.

그림 5학년 홍성혁 (2007)

바느질

왕인지(3학년, 2008)

바느질을 하자.
한 땀 한 땀 열심히
선생님보다 빠르게
아이들보다 예쁘게
누구보다 집중해서 열심히 뜨자.
조용히 하기보다는
시끄럽게 해도 아무렇지 않아.
신경 쓰지 않고 열심히
내 머리 속에는 바느질 생각뿐.
갑자기 바늘에 찔리면
내 집중이 다 날아가.
아파서 손가락을 잡고 후후 불어 봐.
순간 따끔하고 아프지.
뭔가 이상한 느낌이야.
다시 집중해서 바느질을 하면
귀여운 다람쥐가 완성되는 거야.

쑥개떡 반죽

길현민(5학년, 2010)

쑥개떡 반죽을
꾹꾹 누르고
쫙쫙 펴고
팍팍 치대면
쫄깃쫄깃한 쑥개떡이 되지롱.
그 반죽을
한 점 떼어 먹으면
입에서 사알살 녹지롱.

그림 6학년 김병찬

구멍난 양말

한수빈(4학년, 2011)

학교 닿자마자
학교차 문이 드르륵 열리고
모두가 우르르 내려갔다.
나도 내려가다가
의자에 붙어있는 철사에
양말이 콕! 찔렸다.
이런!
양말에 구멍이 났다.
너무 우스웠다.

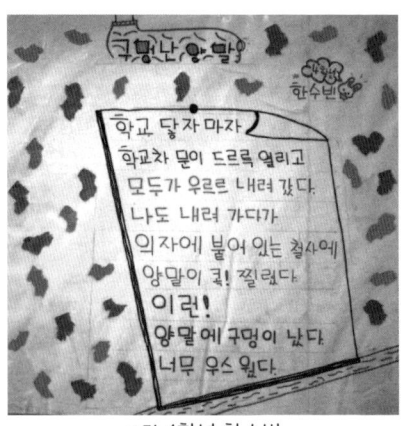

그림 4학년 한수빈

땀비

엄지우 (2학년, 2011)

매실 따는데 덥진 않은데
내 마음엔
내 몸엔
땀이 난다.
내 몸과 내 마음은
모두 땀으로 흠뻑 젖었다.

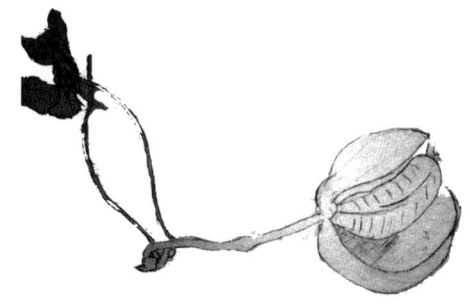

그림 4학년 왕강수

쑥지짐

김다경(2학년, 2011)

쑥지짐 맛이 참 맛있다.
간장에 찍어서
입에 넣으면
입안에서
살살 녹는다.

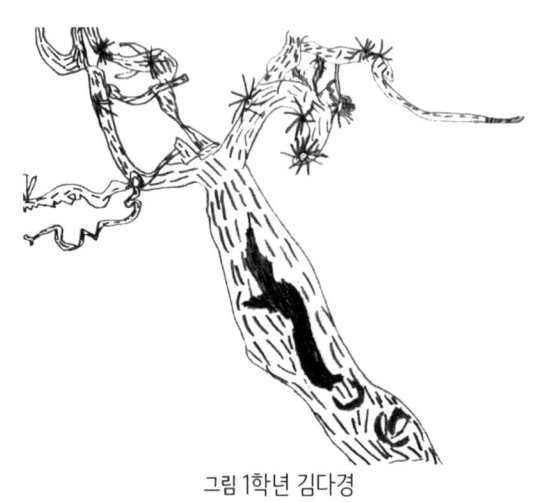

그림 1학년 김다경

형

진승연(6학년, 2010)

형은 나 놀리지 마.
나도 화나면 속이 부글부글 끓어오른다.
그리고 또 싫다는 것 좀 하지 마.
그래서 형에게 아주 실망이다.
명상할 때도 계속 떠든다.
그런데 나도 형 놀린 것 미안하다.
형은 좀 시끄럽게 하는 버릇을 좀 고쳐.
또 형은 지난번 영화 수업 시간에
나한테 방귀뀌었으면서.
그 버릇을 좀 고쳐.

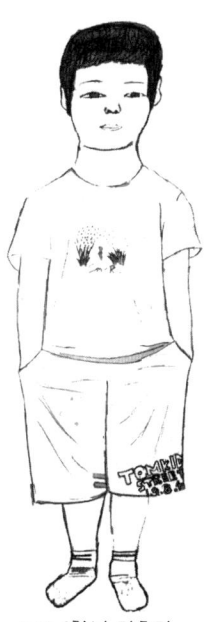

그림 6학년 전호진

불깡통

깡통을 구해서 팔자로 돌리면 날개
구멍을 뚫고 원으로 돌리면 방패
철사를 단 다음에 위로 돌리면 나는 천사
숯을 넣고 빙빙 돌린다.
너무너무 재미있는
불 깡통놀이 또 하고 싶다.
바람이 불어 불어나면
돌아가는 깡통이
도깨비불 같다.
도깨비불이 춤을 추며
내 주위를 돈다.
깡통을 놓치면 어쩔까?
불이 나지는 않을까?
땅에 엎어지면 어쩔까?
이런저런 걱정이
깡통과 함께 내 주위를 돈다.

그림 6학년 손금서

송진

주호연(1학년, 2010)

제 손에 송진 묻었어요.
소나무가 아픈가 봐요.
보세요.
이렇게 송진 흘리면서 울어요.
저 나무는 아무렇지도 않은데
이 녀석만 울어요.
내가 어제 발로 차고
막 괴롭혔더니 그런가 봐요.

2布 &가치 굴
〈2배 8나무〉
느낌? 정반묭각 했다.

그림 5학년 서민주

산

나선율 (2학년, 2018)

산은
처음에는
가기 싫은데
올라가다 보면
괜찮고
꼭대기에서는
기분이 좋아요.

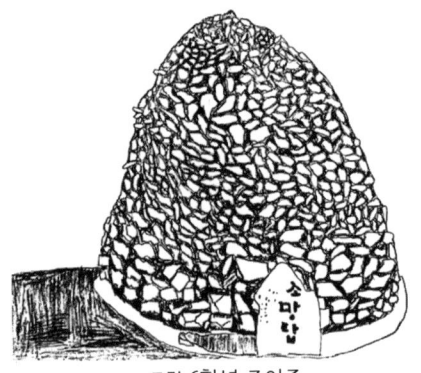

그림 6학년 조이준

시

박성범 (4학년, 2014)

시는 마음을 쓰는 걸까?
아니면
그냥 나오는 말을 쓰는 걸까?
난 잘 모르겠다.
난 둘 다 아니고
그냥 생각나는 말을 쓰는 것 같다.

그림 5학년 서민주

우리 학교

김지후 (3학년, 2017)

우리 학교는 정말 좋은 학교다.
다른 학교와 조금 다르긴 하지만
다 다른 것도 아니고
조금 특별한 수업도 하고
많이 논다.
나는 그런 우리 학교가 좋다.
늘 이대로 언제까지
학교가 이렇게 갈까?
그러면 좋겠다.

그림 5학년 왕인지

피아노

김윤태(6학년, 2020)

피아노를 많이 못 배웠는데
생각보다 잘 쳤다.
기분 좋다.
왜냐면 뭐든지 자기가 잘하면 재미있다.
그러면서 자기의 장점을 찾는 거다.
솔직히 맑은샘학교에서 졸업하기 싫다.
왜냐면 중학교 가면
내 장점을 찾을 수 있는 시간이 줄어들기 때문이다.
그래서 엄마 아빠가
나를 맑은샘학교에 보낸 거라고 생각한다.

그림 6학년 김채원

121

함께 살기

김도윤(2학년, 2020)

자연속학교에 가면 함께 살기를 해야 한다.
함께 살기는
자기 뜻대로 하면 안 되고
그게 힘들어도 참아야 해서
불편하다.
하지만
함께 살면
외로움을 달래주고
놀 때는 혼자 노는 것보다 재밌고
함께 힘을 합치면
일을 잘 해결할 수 있다.
함께 살기는 불편하지만 재밌다.

그림 6학년 조한울

숙제

김채민(6학년, 2018)

방학 숙제가 너무 많다.
밀려서 너무 힘들다.
전정일 선생님이
숙제를 조금만 내야 한다.

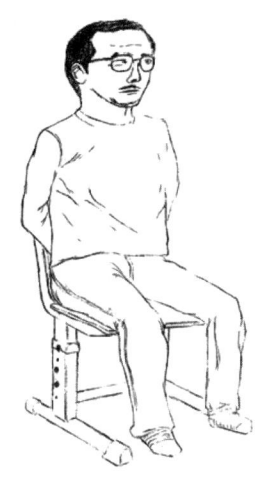

그림 5학년 강이석

일기

일기 혹은 하루생활글

나는 그 소리만 들어도

머리가 미로처럼 복잡해진다.

뭘 쓸지 모르겠고 혼란스럽다.

일기감이 없다.

그래도 써라.

못 쓰면 남아라.

쌤들은 그런다.

정작 자기 자신은 귀찮다며 안 하면서...

이오덕 선생님인가 권정생 선생님인가 그랬는데

인생을 배우면서 살라 그랬어!

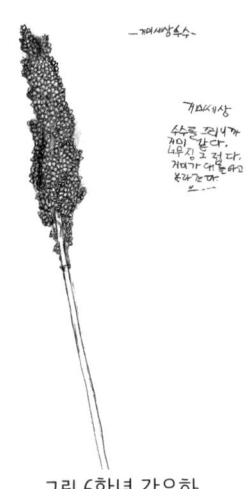

그림 6학년 강유하

산불

조한울 (3학년, 2020)

엄마 까투리라는 책을 읽었다.
이 책에서 가장 기억에 남는 장면은
산불이 났을 때다.
그 까닭은
산불 속에서 엄마 까투리가 새끼들을 위해
몸을 바친 것이 슬펐기 때문이다.
나는 어머니가 내 뜻대로 해주실 때
가장 많은 사랑이 느껴진다.

그림 5학년 김채원

좋아서 껴안았는데 왜?를 읽고

이한비(3학년, 2020)

나는 이한비다.

나는 내가 한 것이 아닌데

내가 했다고 하는 게 기분 나쁘다.

그리고 까닭 없이 오빠가 때리는 게 짜증난다.

내가 뭐라고 물어봤는데

오빠가 "어쩌라고" 라고 할 때 화난다.

기분이 좋을 때는

나에게 칭찬해 줄 때 좋다.

"너 키 크다"

"너 귀엽다."

"나랑 놀아줄래?"

그 밖에도 나에게 말을 해주는 게 좋다.

같이 편의점 갈래?" 라고 하는 것도 좋다.

기분이 나쁠 때

나에게 말 걸어주는 것도 좋다.

혼자 씻기

신지안(I학년, 2022)

씻기 전에는 씻기 싫은데
씻기 시작하면 더 씻고 싶다.
어제랑 오늘이랑 혼자 씻었다.
기분이 좋았다.
자연속학교에서는 못하겠다.
좀 어려울 것 같다.

그림 6학년 강유하

3월 달력

서혁준(1학년, 2022)

3월 달력 그렸다.
그런데 그게 좀 어려워서
선생님한테 지우개 빌렸다.
선생님이 도와주셔서
끝까지 썼다.
내가 해냈으니까 기분이 좋았어.
재미있으면서 힘들기도 하고 좋았다.
쭉쭉 선을 그릴 때마다
미움이랑 화가 날아갔다.
다른 사람은 안 그래도
나는 그래.

그림 4학년 임채아

하지 말라는 거 하지 말자

송인채(3학년, 2018)

하지 말라는 건 하지 말아야 한다.
위험한 걸 하지 말라고 했는데
위험한 걸 줄곧 하면
다칠 수도 있고
하지 말라고 했는데
줄곧 해서 화가 나면
싸움이 일어날 수도 있고,
싸움이 일어나면
몸을 써서 다른 사람을 아프게 할 수 있고
다른 사람한테 상처 주는 말을 해서
속상하게 만들 수도 있으니까.

그림 5학년 강이석

하루생활글 쓰는 법

송인준 (3학년, 2018)

하루생활글은 본 대로

들은 대로

말한 대로

한 대로

느낀 대로 쓰는 거다.

그리고 자세히 우리 말 살려 쓰기를 한다.

날씨 쓰기는 자세히 어땠는지 쓰는 거다.

일기감은 쓰고 싶은 걸 쓴 다음

그중 골라서 제목에 쓰는 거다.

제목은 하루 있었던 일을 되돌아보고 쓰는 거다.

글씨 쓰는 거는 또박또박 자세히 쓰는 거다.

그리고 쓰기 시작한 시간,

다 쓴 시간을 쓴다.

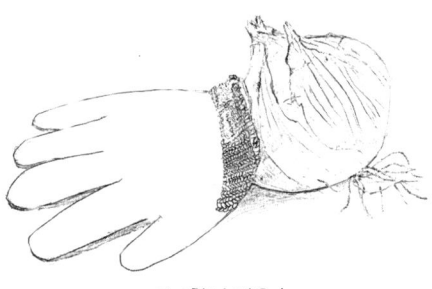

그림 6학년 김윤슬

○○○ 선생님

지현우 (3학년, 2018)

선생님은 선생님이라고

자기 마음대로 하는 것 같다.

오늘도 비석치기를 하는데

기억은 안 나는데

우리 편 한 명이 비석을 던졌는데

처음에 규칙도 안 했으면서

비석이 벽에 맞고

비석이 넘어졌는데

선생님은 벽에 맞은 건 아니라고 하니까

우리가 이렇게 말했다.

"처음에 규칙도 안 정했잖아요."

그러니까 선생님이 계속 아니라고 얘기하니까

화나 머리끝까지 났다.

이렇게 생각했다.

선생님이니까 '이것 잘못 썼어. 다시 써.'

그러면 다시 쓰고

만약에 내가 선생님 보다

더 높은 사람이었다면

선생님도 내 말을 들었을 거다.

회의

최시우 (4학년, 2020)

낮에 학교에서
회의를 했는데
너무 오래했다.
지루하다.
그래서
"끝나라. 끝나라."
마음속으로 말했다.

.

.

.

드디어
끝났다.

그림 4학년 강이안

메타쉐콰이어

최유민(5학년, 2019)

그물에 누웠는데
메타세콰이어 잎이 보였다.
놀아야 하는데
줄곧 보고 싶었다.
바람이 살랑살랑 불고
잠이 왔다.

그림 6학년 남희주

책

천명수 (6학년, 2009년)

난 요즘
순전히 책을 내 유일한 낙으로 삼아
하루하루를 보내고 있다.
공부를 하다 머리가 아프고 힘들 땐
책을 통해서
나만의 세계로 간다.
읽다 보면
내가 주인공이 되어서
악당과 싸우고,
주인공의 친구가 되어서
함께 모험도 떠나며
그 세계로 빠져든다.
판타지는 내 기쁨이고 낙이다.
나만의 세계에서
마음을 졸여가고 감동한다는 것이
얼마나 행복하고 기쁜지
아무도 모를 거다.

선생님

남민주 (6학년, 2018)

선생님은 언제 어디서나
어린이를 살핀다.
선생님들은 어린이를
즐겁게 해준다.
선생님들은
어린이들을 똑같이 좋아한다.
그래서
나는 참 행복하다.

천정식 선생님
그림 3학년 김현우

학교

양하린(2학년, 2021)

나는 학교가 너무너무 가고 싶다.
학교는 재미있고 좋다.
왜 좋냐면 집에 있으면
지온이가 귀찮게 한다.
근데 학교에 있으면
짜증나고 귀찮은 일이 별로 없다.
그래서 학교가 더 좋다.
그리고 학교에 가면
재미있는 공부를 많이 한다.
나는 하루라도 학교를 쉬는 게
너무너무 싫다.
나는 학교가 너무너무 좋다.

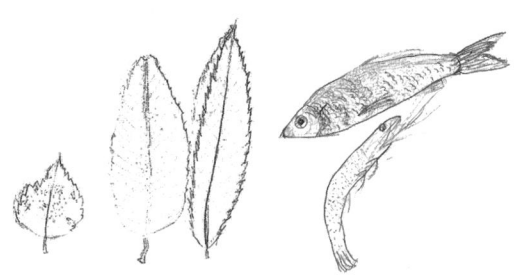

그림 4학년 이은유

마법의 시간 여행 3

한지빈 (2학년, 2014)

이 책을 보고
어떤 생각이 들었냐면
어린이도
모험을 할 수 있다는 걸 알았다.
그런데
그런 걸 하면
어머니가
화낼 거 같아서
못 간다.

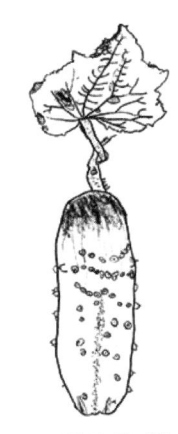

그림 4학년 류지환

|학년

박영진 (6학년, 2010)

|학년 호연이랑 용마골에 짝을 지어서 갔다.
"형은 좀 위험한 길로 갈게."
"호연인 안전한 길로 가게 해줄게."
아무 말 없던 호연이가
날 따라오더니
풍덩!
"안돼!"
빠졌다.

그림 6학년 김지안

4·19

왕인지(5학년, 2010)

4·19 민주화 묘지
수십 개의 무덤
사진이 붙어있고
긴 무덤
진영숙 언니 무덤 앞에서
묵념.
마음이 쓸쓸해졌다.
김주열 오빠 무덤 앞에서
묵념.
지금 그분들이 살아계신다면
희생이 없었다면
얼마나 좋았을까?
민주주의를
피 없이 얻었다면
얼마나 좋았을까?

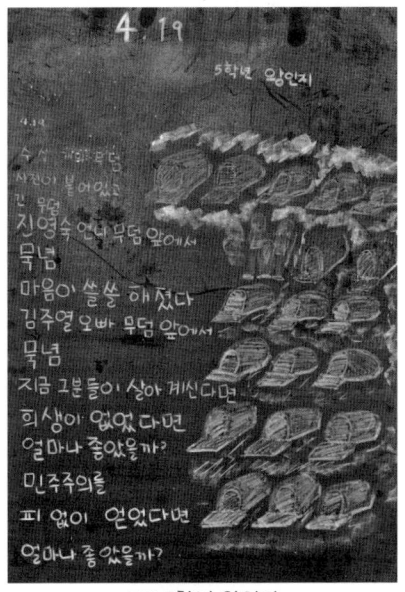

그림 5학년 왕인지

평소와 다르게

강이안(4학년, 2024)

나에게 하루하루, 일주일은 날마다 평범하고
특별한 일이 없던 날들이었다.
선거 역시 마찬가지였다.
누가 될까? 하는 생각만 했다.
그런 내가 이제 후보라니!
떨린다.
선거가 재미있던 1학년은 어디 가고
마음이 나비의 날개처럼 떨리고 긴장되어
글도 안 써지는 4학년 후보가 되다니.

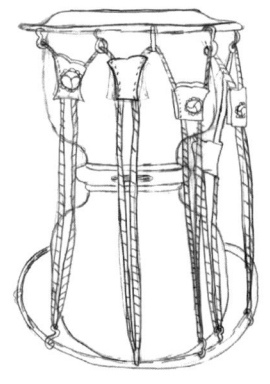

그림 4학년 최수인

선거할 때 마음

이은유(4학년, 2024)

나는 처음으로 후보로 나간다.
아직 믿어지지 않는다.
투표까지 시간이 얼마 남지 않았다.
떨리는 마음을 어떻게 할 수가 없다.
어떡하지?

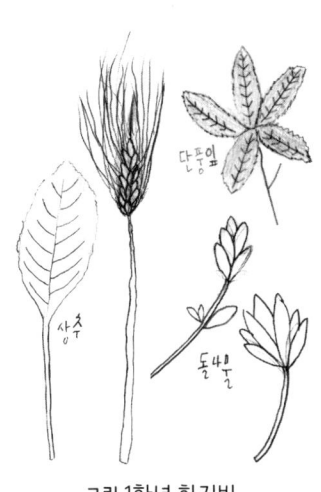

그림 1학년 한지빈

떨리는 선거

양하린(5학년, 2024)

나는 으뜸이끄미로 출마했다.
지금은 선거하기 전이다.
많이 떨려서
손도 떨린다.
마음도 떨린다.
쿵쿵쿵쿵
쾅쾅
두근두근
으뜸이끄미 제발 되길.

그림 5학년 영하린

떨리는 마음

임채아 (4학년, 2024)

내가 이제껏 힘들게 채비했던 선거.
떨린다.
눈물도 조금 나고
손도 덜덜덜 하는 느낌이다.
나는 이제 맑은샘을 이끌어가고 싶다.
제발.
버금이끄미가 돼라.

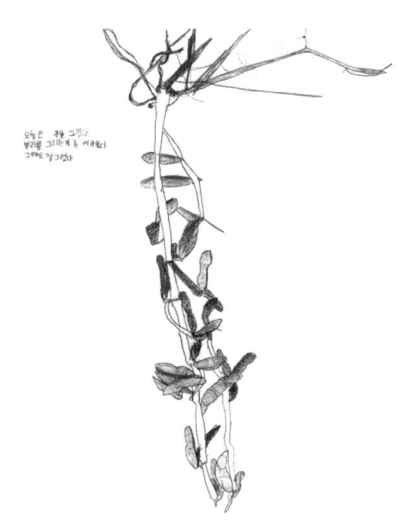

그림 6학년 이한주

143

연필 깎기

예지완(2학년, 2024)

칼로 연필을 깎는다.
연필깎이로 깎으면
매끈한 나무
칼로 깎으면
쭈글쭈글 나무껍질
연필심도 숯가루처럼 후드득 후드득

그래도 괜찮아!
내가 만들었으니까

깎은 연필로 써 본다.
못생겼지만 잘 써진다.
겉모습만 보면 안 되는 것 같다.

엄마한테 자랑해야지!

그림 2학년 예지완

커터칼

남윤우(2학년, 2024)

커터칼 연습하는 날
커터칼이 쓱삭 소리가 났다.
커터칼은 과일 깎는 칼이랑 틀리다.
커터칼을 길쭉한데
과일 자르는 칼은 피자 모양 같다.
커터칼로 뭘 만들 수 있냐면
활과 화살을 만들 수 있다.
커터칼은 종이도 자를 수 있고
택배 상자로 자를 수 있다.
커터칼 쓸 때
빗자루로 쓰는 느낌이 들었다.

그림 6학년 김현우

첨찰산 오르기

강이안 (3학년, 2023)

첨찰산에 올랐다.
처음에는 즐겁게 산에 올랐다.
"이번에는 쉽겠구나."
마음속으로 생각했다.
끝까지 올라가니까 뿌듯했지만
처음 든 생각이 잊혀졌다.
생각보다 힘들었다.
겪고 나면 무슨 일이든
생각이 바뀔 거 같다.

그림 4학년 원종현

숨바꼭질

강이석(5학년, 2023)

선생님들이 100을 셀 때까지 숨어야 한다.

100까지 셀 때야 뭐 숨고도 남겠다 했다.

그런데 너무 빨리 지나간다.

어려운 풀 사이에 숨는다.

아무 소리도 안 내고

가만히 있었다.

찾는 소리가 들린다.

그때

속으로 "제발 지나가라." 했다.

하지만

안타깝게 들키고 말았다.

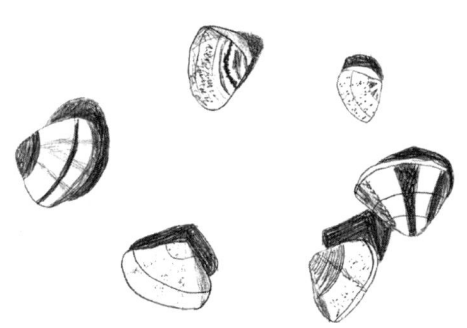

그림 3학년 장현서

연필 깎기

노하진(2학년, 2023)

엄지손가락으로
살살밀어서
연필을 깎았다.
엄지손가락이 조금 아팠다.
연필을 깎을 때
두 번이나 망했다.
그런데
세 번째로 깎을 땐 잘 됐다.
연필을 깎기 전에 만져봤을 때
부드러운 느낌이 났다.
테이프 냄새도 났다.

그림 2학년 김소율

정말 아쉽다

김도훈 (4학년, 2020)

자연속학교에서 돌아와서 아쉽다.
하루가 참 빨리 간다.
그래서 너무 아쉽다.
자연속학교가 싫을 때도 있지만
그래도 좋다.
우리 학교 오길 잘했다.
난 자연속학교가 참 좋다.

그림 2학년 예지완

느림보 자전거

채인웅 (4학년, 2018)

자전거를 탔는데
중간에 쉬고
엄청 느리게 갔다.
나는 빨리 가고 싶다.
선생님이
"빨리 가자." 라고 하면서
엄청 느리게 간다.

그림 6학년 박성준

그림 5학년 왕준영

닭의 달걀

류지환(4학년, 2017)

닭이,
어머나
알을 낳았다.
먹고 싶지만
4학년들 먹을 차례다.
되게 작은 알 하나
다섯이서 어떻게 나눠 먹냐
걱정된다.

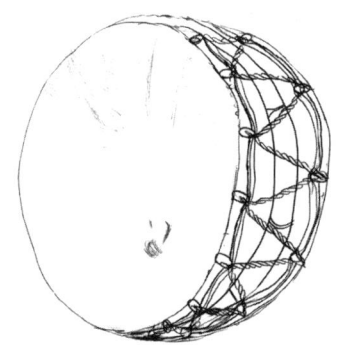

그림 3학년 최유민

백두산 천지

박성범(6학년, 2016)

백두산 천지 물을 보니
물이 아주 맑다.
기분도 좋고 마음이 편안해졌다.
빨리 통일이 돼서
장군봉도 오르고
그곳에서도 천지를 보고 싶다.
통일이여 빨리 오너라.

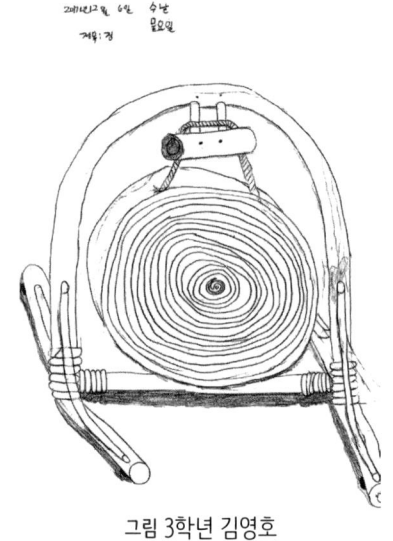

그림 3학년 김영호

단오

이한주 (4학년, 2015)

창포물에 머리를 일부러 박았다.
엉덩이를 하늘로 치켜들고
앞구르기 하는 자세로 감았다.
정우야 내 엉덩이를 때렸다.
넘어갈 뻔해서
발바닥에 꽉 힘을 주니
오금이 딱딱해지고
엉덩이가 실룩실룩했다.
안 넘어가서 다행이다.

그림 5학년 이서연

대나무 자

유강산 (1학년, 2014)

대나무를 잘랐다.

모래종이로 문질렀다.

사포질이다.

구멍 뚫고 대나무자를 씻었다.

줄을 묶었다.

냄새 맡아봤다,

정말 좋다.

나중에 숫자를 써넣고 자로 잴 거다,

내 장난감을 잴 거다.

택견 깔개를 잴 거다.

그림 4학년 한수빈

돌탑

예지완(2학년, 2024)

하나,
둘,
셋,
흔들흔들 돌탑이 넘어지면
내 기분도 무너진다.
13, 14, 15!
다 쌓았다.
흔들리던 마음이 괜찮아진다.
참던 숨을
후욱 내뱉는다.
내가 만든 15층 돌탑!

그림 1학년 박소연

뛰어놀기

이한울 (3학년, 2024)

혁준이랑 뛰어놀았다.

구르고 싶고

뛰고

4인용 그네 타고

올라가고

중심 잡기 했다.

재밌다는 생각밖에 안 났고

.

.

.

마을은 좋았다.

그림 6학년 전우진

매실

김하준 (4학년, 2024)

매실을 뚝 뽁 뚝 따고
광주리에 후두룩 담고
또 따고 또 담고
또 따고 또 담고
나무에 올라가서도 따고
돌에 올라가서 따고
땅에서도 따고

매실 따기를 다 했는데
줄곧 매실이 보였다.

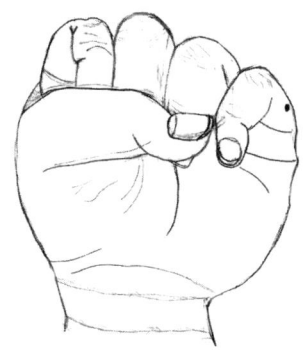

그림 6학년 박민철

어린이 장터

권도현(4학년, 2024)

어린이 장터를 했다.

유화가 "밤 양갱 사세요." 라고 했고,

바로 옆에서

준희가

"카스테라 사세요." 했다.

아무사 안 사서

내가 하나 사줬다.

먹어보니 아주 짰다.

그렇다고

음식을 버릴 수도 없고

친구가 판 건데

버리면 속상할까봐

다 먹었다.

그림 3학년 노하진

매실과 햇볕

김유화(4학년, 2024)

매실을 100개 따다가
100개를 모아서
200개다.
말랑말랑한 것도 있다.
말랑한 건 맑고
하얀 햇볕에 익은 거다.
햇볕은 열매속에 들어가서
노란 매실이 된 거다.
따스한 사랑의 마음이 된다.

그림 6학년 한수빈

책

박유주 (2학년, 2024)

책방에 갔어.
도토리 마을 서점 책을 봤어.
그 책을 읽으면서 생각났던 건
항상 행복을 주는 것 같았어.
그리고 즐거울 것 같았어.
내가 책을 안 좋아하는데
이 책은 재밌었어.
어렸을 때 좋아했어.
추억의 책이고
짧아서 좋아.

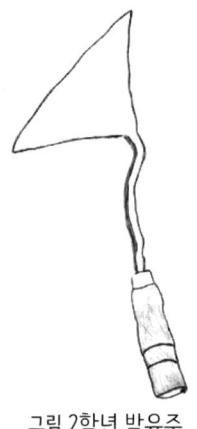

그림 2학년 박유주

숲속놀이터

채선련(2학년, 2024)

숲속놀이터

그네, 버마 다리, 거미집을 다 풀었다.

많이 놀고 싶은 그네가

없어지는 게 가장 슬프다.

맑은샘에서 그네가 가장 좋다.

버마 다리 줄을 풀었다.

손이 너무 아파가지고

한 줄밖에 못 풀었다.

푼 줄로 줄넘기도 했다.

줄을 풀었던 나무는

너무 아플 것 같았다.

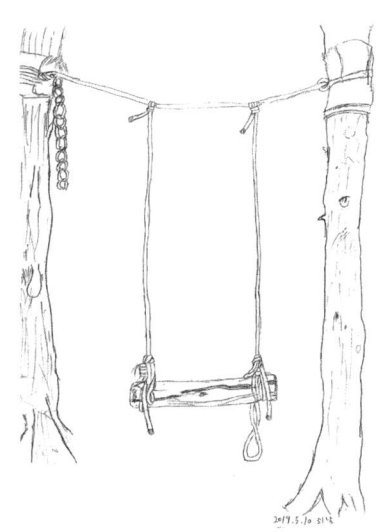

그림 4학년 송인채

학교

박승주 (1학년, 2024)

아침열기를 하고
물을 주고
아침 산책을 하고
수학을 매실로 했다.
그리고 매실을 담그고
밥을 먹고
청소를 하고
전래놀이를 하고
마침회를 했다.
그리고 할머니를 보고 왔다.

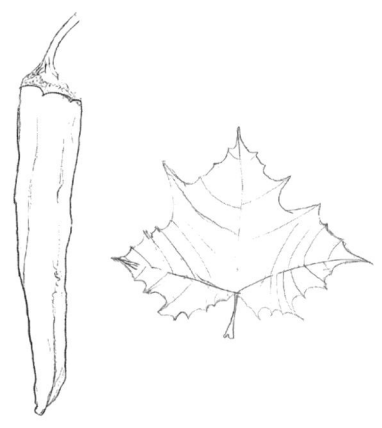

그림 1학년 박승주

비 색

진승우(3학년, 2011)

오늘 파스텔로 비 색을 칠했다.
난 비니까
하늘색으로 칠할려고 했는데
색칠하다가
방사능 비가 바로 생각나서
회색으로 칠했다.
그리고 젖은 그림이 생각났다.

그림 1학년 진승우

순돌이

김진엽(5학년, 2011)

영리하게 생긴 순돌이
이제 나한테 낯익어지나?
도대체 나를 좋아하는지 싫어하는지 모르겠다.
다른 애들한테는
폴짝 뛰며 좋아하는데
나한테는 보는 둥 마는 둥 딴 데를 본다.
도대체 나를
좋아하나?
싫어하나?

그림 6학년 홍성혁

매실 꼭지 따기

유현욱 (5학년, 2011)

매실 꼭지를 땄다.
진서와 매실 꼭지 더 많이 따기를 했다.
이쑤시개로 톡 건드리면
톡! 튀어나온다.
이에 걸려 있는 찌꺼기가
톡 튀어나오는 것 같다.
재미있다.

씨

유현욱 (5학년, 2011)

씨는 작다.
그런데
엄청 커진다.
나도
그렇게
커지고 싶다.

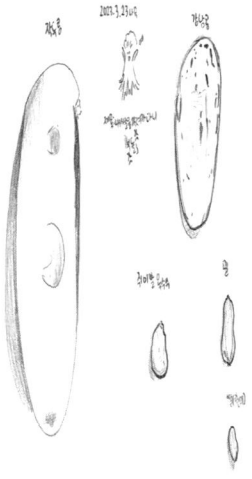

그림 5학년 심정연

쑥 뜯기

이유찬(5학년, 2012)

쑥을 뜯는다.
쑥이 많이 없다.
그래서 많이 못 뜯었다.

에라!

안 그래도 힘들었는데......

근데
마음은 다하고 싶다.

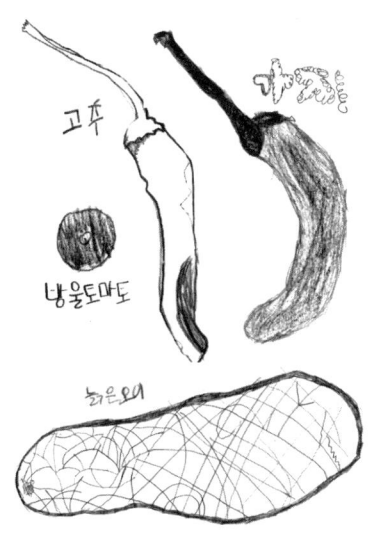

그림 1학년 남민주

167

우리를 부르는 매실

최윤영(5학년, 2011)

매실 매실 매실
매실이 우리를 부른다.
구해달라고
고래고래 소리를 지른다.
하지만
그걸 아는지 모르는지
놀고 있는 아이들

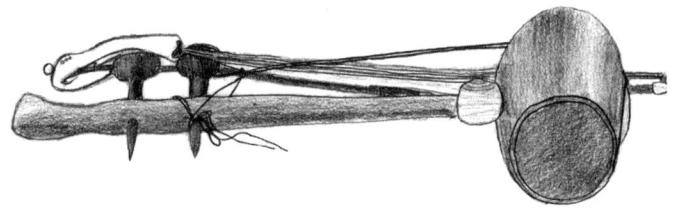

그림 6학년 장현서

앵두 따기

박종민(3학년, 2013)

앵두가 살짝만 건드려도 터진다.
앵두가 안 익은 거, 익은 거
골라내느라 힘들다.
앵두 생김새가
어떤 거는 위에가 파져있고
어떤 거는 위 옆 아래가 파져있다.
앵두색이 복숭아색이다.
맛은 달콤하다.

그림 3학년 김윤태

내 동무 ○○

심정연(4학년, 2022)

○○은 웃기다.
○○을 보기만 해도 웃고 싶다.
아니 웃고 싶은 건 아니고
웃기다.

○○은 너무 웃기고 정말 재밌다.
같이 놀면 웃지 않을 때가 없다.

그림 6학년 남민주

기분 좋은 파랑

권도율(1학년, 2025)

젖은 그림 그리기 할 때
기분 좋은 파랑을 썼다.
붓질이 어렵진 않았다.
붓을 만져봤을 때
까끌거리기도 하고
부드럽기도 하고
간지럽기도 했다.
그 붓으로
하늘을 그린 거 같다.

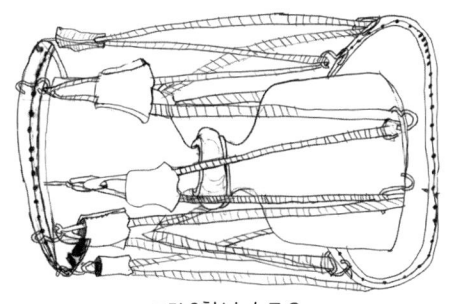

그림 3학년 송준우

동물들의 우당탕탕 선거

서준민(1학년, 2025)

이 책을 읽으면서
비밀선거를 배웠다.
책으로
이런 걸 배운 게
처음이라
기억에 남는다.
비밀선거는
내가 누구를 뽑았는지
비밀로 하는 거다.

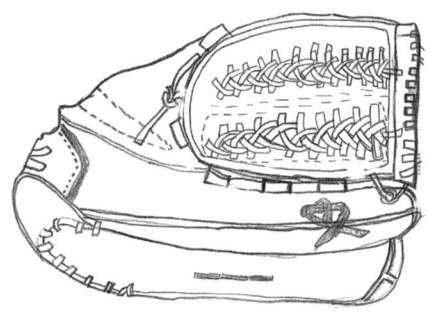

그림 4학년 채인웅

순돌이

강승민(1학년, 2013)

순돌이*를 잡고 갔어요.
더 가고 싶었어요.
선생님이 돌아가자고 했어요.
화가 났어요.
참았어요.

그림 5학년 왕준영

....

* 순돌이: 맑은샘에서 키웠던 개 이름.

재미없는 날

박민지(4학년, 2015)

I want to stay home

but we had to come here.

So we can just climb a mountain.

Even do we can use the elevator.

그림 6학년 김도훈

배

배 가라앉은 거
2014년 4월 16일.
죽었다고 했어. 사람이.
안개가 껴서.
배 크게 공사해가지고.
또 짐을 많이 실어서.
안 잊으려고 공부한다고.
그림 그렸어.
풍선 그렸어.
'잊지 않을게요.'라고 썼어.
종이에 붙였어.
리본 모양으로 했어.
리본 달았어.
'잊지 않을게요.'라고 썼어.
숲속놀이터 앞에 달았어.
슬픈 생각을 했어.
사람들이 죽은 게 슬펐어.

그림 6학년 엄정우

달팽이

■ 달팽이는 암모나이트 처럼 등껍질이 생겼고, 또 등껍질 안 에는 간색으로 선이 있다. 또 살갖은 옹비닐, 욱고기 비닐 처럼 생겼고 일쿡 쪽으로 생긴 곳은 한쪽은 길고 한 쪽은 작다. 작은 쪽은 더 듬이고 긴 쪽은 눈이다. 그리고 게나다닐 때마다 특명한 액젓왕 뽑의 면서 기어다닌다. 또 예를 둔어 당근을 먹으면 당근색 똥을 눈다. 그리고 입을 산베 갔 다 대면 오득득 오득득 느낌이고 작은 소리가 들린다.

그림 5학년 전호진

《 네엣 》

달팽이는 빠르다

풀매기

김진서(3학년, 2011)

호미를
옆으로 눕혀
도록도록 긁으면
풀이
그 가느다란 뿌리 한 가닥으로 버틴다.

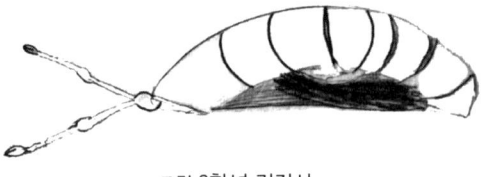

그림 2학년 김진서

냄시

심준범(5학년, 2009)

밭에 거름을 섞었다.
으~ 똥 냄시
아주 지독하다.
하지만 지렁인 좋아한다.
똥 먹는 지렁이
지렁인 똥이 좋나보다.

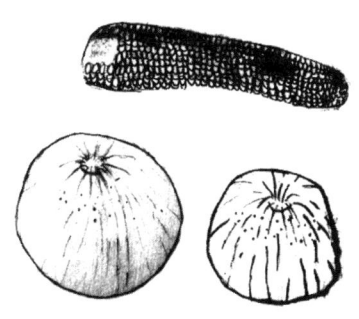

그림 2학년 왕강수

무당벌레

전다훈 (5학년, 2010)

살금살금
무당벌레가 배추 위를 기어간다.
배추의 따가운 부분을 피해
엉금엉금 기어간다.
내가 배추에 바람을 불면
휭 날아가 버린다.
미안해 무당벌레야.

송장 벌레

그림 4학년 전호진

배추와 사람

박소연(5학년, 2010)

5분 동안 배추를 관찰했다.
보기엔 부드러워 보이지만
만져보면 따끔따끔했다.
사람도 그렇다.
겉은 부드러워 보이지만
속은 무지 다르다.
배추하고 비슷하다.

그림 6학년 홍성혁

내 손

김현우 (5학년, 2010)

내 손이 불쌍하다.
지금까지 배추 뽑고
이 추운 손으로
텃밭 일지 쓰고 있다.
한 줄도 너무 길다.

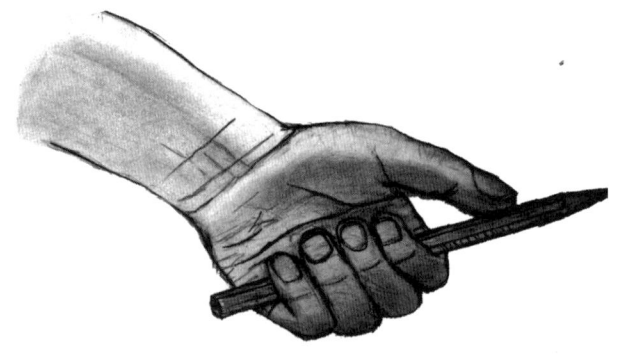

그림 5학년 김현우

보리

심승범(2학년, 2008)

타닥타닥 보리야
내 입으로 다 들어와라.
빨리빨리 익어라 빨리 익어라.
안 익으면 못 들어간다.
타닥타닥 보리야
바로 내 입에 와봐.

그림 5학년 박영진

풀

박민철(6학년, 2014)

풀은 끈질기다.
뽑으려 하면 안 뽑히고
안 뽑으려 하면 뽑힌다.
풀은 청개구리다.
오늘도 나는 청개구리 같은 풀과
누가 먼저 포기할지 끈질기게 싸웠다.
두 쪽 다 포기하지 않았다.

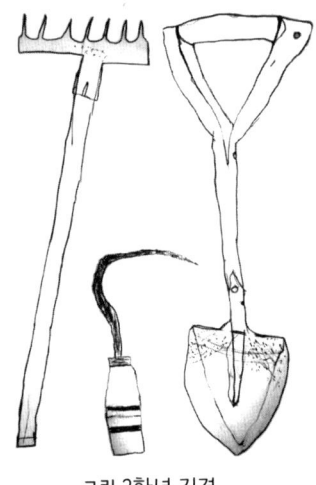

그림 2학년 김결

열무 씨앗

김태인(1학년, 2011)

텃밭에 열무 씨앗을 뿌렸다.
그리고 돌도 골랐다.
열무 씨 하나가
길을 잃어 친구들을 찾는다.

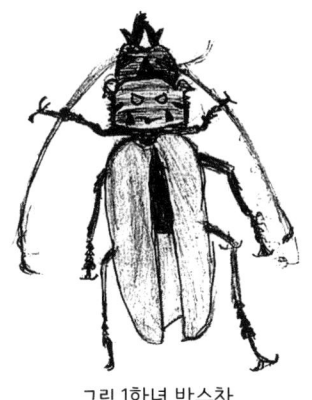

그림 1학년 박수찬

오늘 벼 타작을 했어요

김연재 (3학년, 2011)

손으로 뜯었어요.
홀테로도 했어요.
탈곡기로도 했어요.
탈곡기를 발로 밟으니까
통이 뱅글뱅글 돌았어요.
발로 밟을 때 제일 재밌어요.

그림 1학년 심준범

벼

정지은 (2학년, 2014)

벼는 길쭉하고
쌀알이 많이 붙어있다.
벼가 노랗고
고개를 숙이고 있다.
나는 기분이 안 좋을 때
고개를 숙이는데...

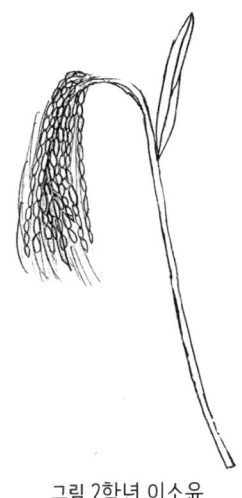

그림 2학년 이소윤

달팽이는 빠르다

강유하(4학년, 2012)

줄곧 보고 있으면
느리지만
봤다
안 봤다 하면
여기에서
저 끝에 가 있다.

그림 6학년 박민철

어금니동부

조예준 (2학년, 2014)

어금니동부를 심었다.
심는 건 재미있었다.
하늘의 기운
땅의 기운
나의 기운도
어금니동부한테 준 것 같다.

그림 6학년 조예준

메주콩

양하린(2학년, 2021)

메주콩을 삶아서 빻았다.
빻을 때
팔이 부러질 것처럼 아팠다.
내 팔은 지금 없다.
콩이 밤같이 맛있었다.
달았다.
콩을 다 빻고
나무틀 위에 보자기를 얹어서
콩 빻은 걸 넣고
보자기를 덮고
수건을 반 접어서
발로 밟았다.
푹신푹신 했다.
물렁하고 물침대 같았다.

흙 뿌리기

조경현(1학년, 2010)

흙을 떠 와서
텃밭에 뿌렸다.
흙을 물이라고 생각하고
뿌리는 것 같다.

그림 6학년 홍성혁

콩벌레

천명수 (4학년, 2007)

콩벌레가 달려간다.
콩벌레를 톡 치면
똬리를 튼다.
그 모습이 콩 같다.
마지막으로 똬리를 풀 때
뒤집혀서 일어나질 못한다.
꼭 주인한테 애교부리면서
눕는 강아지 같다.

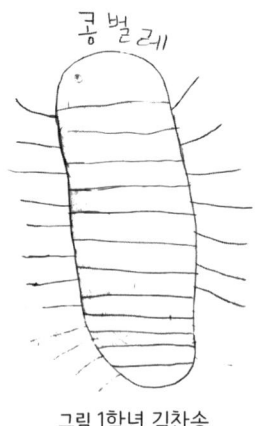

그림 1학년 김찬송

오이

왕인지(5학년, 2010)

오이 덩쿨이 갈팡질팡
제 길을 못 찾고 있다.
당근이 지지대인줄 알고
당근을 감고 있다.
오이꽃이 싱그럽게
노란 빛을 내고 있다.
그 빛으로 나온 아기 오이가
눈을 뜨고 쑥쑥 자라고 있다.
흰 나비가 날아서
사뿐히 앉았다 간다.

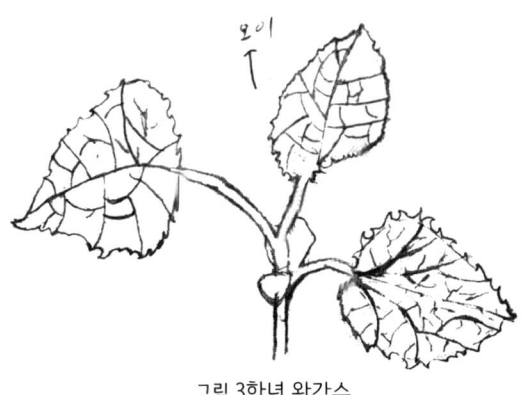

그림 3학년 왕강수

검은 어금니동부

서민주 (4학년, 2014)

검은 어금니 동부는
콩 껍질 쪽을 따면
톡 하고
껍질이 빙글 돌면서 터진다.
그런데 잘 안 익은 건
안 그렇다.
검은 어금니 동부는
작고 검은 씨다.
예쁘다.

호박
맑은샘학교 장원서

왕호박이다.
진짜 크다.
호박죽 먹고 싶다.

그림 6학년 장원서

벼와 다슬기

이한주(2학년, 2013)

다슬기를 그렸다.
벼도 그렸다.
그리다 보니까
벼를 많이 그리고 싶어졌다.
그리다 보니 옆 동무들이 없었다.
다 그리고 갔다.
내가 가장 마지막까지 그렸다.
그냥 그러려니 했다.

그림 3학년 김지후

팝콘

김병찬(1학년, 2016)

쥐이빨옥수수를
후라이팬에 넣었다.
소금 넣고 뚜껑을 닫았다.
그런데
쥐이빨옥수수가
개구리같이 풀짝 뛰었다.
뚜껑이 막고 있어서 떨어졌는데
쥐이빨옥수수가
팝콘이 되었다.

그림 5학년 이현준

보리 꿔 먹기

박소연(2학년, 2008)

얘들아!

보리 꿔 먹자!

선생님이 부른다.

다 됐어요?

아니.

다 됐어요?

아니.

다 됐냐고요?

응.

손으로 보리껍질을 비비자.

아이 고소해.

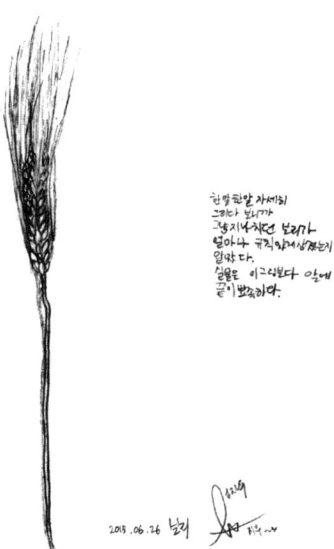

그림 6학년 엄지우

홀로 남은 얼갈이배추

정재명(5학년, 2008)

얼갈이배추를 많이 심었다.

너무 많이 심어서 솎아줬다.

솎아줄 때

다른 뿌리를 건드린 것 같다.

그 탓인지

다른 얼갈이배추가 다 죽었다.

딱 한 개 빼고 말이다.

불쌍한 얼갈이배추

다음엔 욕심내지 말아야지.

생명을 죽이지 말아야지.

미안하다.

불쌍한 놈들......

그림 5학년 정재명

모내기

신시호 (1학년, 2023)

모내기를 했을 때
느낌이 이상했어.
좋았기도 했고
좀 이상하기도 했어.
근데 처음 해봐서
이해가 잘 안 갔는데
해 보니깐 잘 알았어.
그래서 기분이 좋았어.

그림 3학년 서혁준

전정일 표 고구마순

남민주 (6학년, 2018)

전선생님이 고구마순을 심으신다.

저번에 전선생님이

쑥 빠지면 안 된다고 해서

내가 전선생님이 심은 거를 검사한다.

전선생님이 내가 검사하는 거를 보고

"쌤은 과천에서 15년 넘게 텃밭 했어." 그런다.

진짜로 꽉 당겨도 안 빠진다.

이제 전선생님이 잘 심으니까

전선생님한테 맡겨야지.

그림 6학년 구본준

흙

송준우 (3학년, 2017)

흙을 만질 때 포근하다.
솜을 만지고 있는 것 같다.
마치 흙이
내 손을 감싸 쥐고
내 손을 껴안아 주고 있는 것 같아서
기분이 좋다.

아카시아 튀김

송준우(3학년, 2017)

기름을 지짐판에 뿌리고

아카시아를

부침가루에 묻혔더니

아~

고소한 냄새가

코에 뿌려졌다.

마치 코로 먹는 것 같았다.

풀

김지후 (3학년, 2017)

풀을 뽑았다.
자세히 보니
같은 종류라도 다 다르다.
잎도,
흙이 묻어있는 것도
다르다.
우리가 사람인데
모두 다른 것처럼.

그림 3학년 박소연

텃밭

장원서(6학년, 2016)

텃밭에 가서
물을 붓고 모종을 심었다.
고구마 모종은 텃밭을 호미로 파서
고구마순을 눕혀서 심었다.
수박은 띄엄띄엄 심는데
수박은 땅 영양분을 많이 먹는다.
땅을 파고 물을 주고
고추 모종을 심는다.
땅은 꼭 눌러준다.

그림 5학년 강태훈

땀방울

이채연(4학년, 2013)

텃밭을 했다.
그때
내 머리에서
땀방울이 떨어졌다.
한 방울
두 방울
세 방울

.

.

.

계속 떨어진다.

꼭
땀 비처럼.

그림 6학년 박성준

밀

김규태(2학년, 2013)

오늘 밀을 먹었다.
생으로 먹었다.
맛은 비렸다.
밀 하나마다
털이 나 있었다.

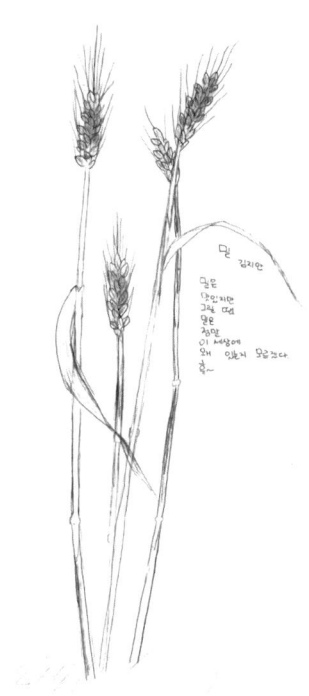

그림 6학년 김지안

감자

이지안 (2학년, 2015)

오늘 감자밭에 가서
감자가 초록색으로
우리만큼 자란 걸 봤다.
나도 밥 많이 먹고
자라야지.

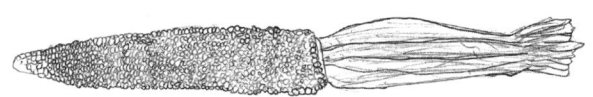

그림 6학년 김채민

대포

김영호 (1학년, 2015)

팥을 따는데
손가락으로
잡자마자
팥이 대포같이
튀어 나간다.
아깝다.

그림 6학년 최시우

텃밭

박서아(1학년, 2025)

텃밭 일이 재미있진 않았는데
동무들이랑 같이 있는 게 좋았다.
얘기하고 모종 심는 게 재밌었다.
그런데 나만 딸기 모종에 꽂이 있었다.
딸기가 엄청 크고 맛있었으면 좋겠다.
또 텃밭 일을
동무들과 함께 하고 싶다.

그림 5학년 김병찬

텃밭 일

오늘 텃밭 일 했다.
첫 텃밭 일인데 무척 재밌었다.
작물들을 따보기는 했는데
가꾸는 건 처음이다.
흙이 손에서 질퍽거렸다.
느낌이 무척 안 좋았다.
그래도 앞으로도 재밌을 거 같다.
모종이 쑥쑥 자라서
동무들에게 나눠주고 싶다.
서아가 딸기 심을 때
꽃을 봤는데 예뻐서 좋았다.
다음에 또 하고 싶다.

그림 6학년 박성준

* 전정일, 《일과 놀이로 여는 국어 수업》, 천 개의 정원, 2021. 3장, 4장(57쪽
  ~93쪽)

《 다섯 》

살아 있는

시 쓰기 교육*

시

박성준(6학년)

시는 짧지만
그 짧은 글에
아주 큰 뜻을 갖고 있다.
아주 큰 우주에
지금도 커지고 있는 우주에
수많은 생명이 살고 있는
우주에 비하면
작은 지구처럼 말이다.

어린이는 모두 시인입니다

이오덕 선생님은 "어린이들은 모두 시인"이라고 말씀하셨습니다. 시는 자신이 보고, 듣고, 느끼고, 생각한 것들에서 나올 수 있기에 '시'를 쓴다는 건 곧 자신의 '삶'을 쓰는 일입니다. 거짓으로 꾸미지 않고, 살아 있는 자신의 입말로 있는 그대로 삶을 표현하면 어린이는 자연스럽게 시인이 됩니다.

이오덕 선생님 말씀처럼, 시를 쓰는 것은 사람이 사람답게 되는 가장 확실한 길이기에, 삶을 가꾸는 시 쓰기는 아주 중요한 교육 활동이자, 어린이의 삶을 풍요롭게 하는 글쓰기 교육입니다.

시 맛보기

달팽이는 빠르다

강유하 (4학년)

줄곧 보고 있으면 느리지만
봤다 안 봤다 하면
여기에서 저 끝에 가있다.

〈달팽이는 빠르다〉를 아이들과 읽고 혼자서 자꾸 되뇌었습니다.
읽을수록 참 좋습니다. 세상 이치란 이런 게 아닐까요? 느림과 빠
름, 속도와 관점, 생각의 차이, 본질과 현상, 시간과 공간, 그리고 사
랑까지. 이 시는 여러 처지와 시선으로 다양한 생각을 끌어냅니다.
노래로 만들어 아이들과 함께 부르다 보니, 어느새 느린 달팽이가
빠를 수 있다는 깨달음이 자연스럽게 스며들었습니다.

달팽이는 빠르다

사: 강유하
곡: 전정일, 맑은샘 어린이들

파도

전우진 (6학년)

파도가 나에게 온다.
같이 오지 않고 하나하나 온다.
왠지 지금 6학년의 모습 같다.
먼저 달려오는 파도는
나를 닮았다.

바닷가에서 파도를 바라보며 쓴 시입니다. 파도가 한꺼번에 몰려오지 않고 하나하나 온다는 모습에서, 자신과 동무들을 연결 지어 생각해내는 아이의 모습이 참 인상 깊습니다. 자연이 주는 감성과 깨달음 속에서 훌쩍 자라나는 아이를 볼 수 있어 더욱 좋습니다.

벼

정지은 (2학년)

벼는 길쭉하고 쌀알이 많이 붙어있다.
벼가 노랗고 고개를 숙이고 있다.
나는 기분이 안 좋을 때
고개를 숙이는데...

벼가 고개를 숙이는 이유와 내가 기분이 안 좋을 때 고개를 숙이는 이유는 분명 다를 것입니다. 하지만 벼와 내가 고개를 숙이는 행동 자체는 같다는 걸 가르쳐 줍니다. 그래서 다시 생각해 봅니다. 우리는 언제, 어떤 마음으로 고개를 숙이는지 말입니다.

바람

김지안(1학년)

누워 있는데
바람이 머리 위를 휙 지나가고
누워 있는데
바람이 풀을 기울였다 다시 쭉 펴고
누워 있는데
바람이 나무에 있던 나뭇잎을
하나 떨어뜨렸다.

바위에 누워 떨어지는 가랑잎을 보고 그대로 쓴 시입니다. 누워 있
는데 휙 지나가고, 누워 있는데 풀을 쭉 펴고, 누워 있는데 나뭇잎을
떨어뜨리는 바람이 느껴지는지요? 일부러 운율을 맞추려 한 것도 아
닌데, 자연스럽게 운율이 살아 있는 시가 나옵니다. 이는 생생한 사실
을 있는 그대로 잡아내어서 쓰면 된다는 걸 잘 보여 주네요.

풀 매기

김진서(3학년)

호미를
옆으로 눕혀
도록도록 긁으면

풀이
그 가느다란 뿌리 한 가닥으로 버틴다.

위 시를 처음 읽은 순간 어떤 느낌이 드나요? 흙에 붙어 가느다란 뿌리 하나로 버티는 풀과, 호미를 들고 풀을 매는 어린이의 모습이 자연스럽게 떠오르지 않나요? 풀을 매본 어린이만이 쓸 수 있는 글이고 시라서 더없이 좋습니다.

시는 깨달음이자 발견이며, 감동과 어떤 특별한 순간입니다. 그래서 시는 자꾸 다시 읽고 싶게 만드는 힘이 있습니다. 읽는 사람의 입장에서, 시를 쓴 이가 전해주는 기운과 감동을 다시 느껴보고 싶기도 하고, 그 시를 내 방식으로 새롭게 바라보며 뜻을 불어넣는 재미도 있습니다. 그런 점에서 시는 참으로 특별합니다.

송진

주호연(1학년)

제 손에 송진 묻었어요.
소나무가 아픈가 봐요.
보세요.
이렇게 송진 흘리면서 울어요.
저 나무는 아무렇지도 않은데
이 녀석만 울어요.
내가 어제 발로 차고
막 괴롭혔더니 그런가 봐요.

송진을 소나무 눈물로 바라보고, 자신이 한 행동을 되돌아보는 어린이 마음이 참 고맙습니다. 그저 말하듯이, 그대로 쓴 글. 그래서 시를 쓰는 것이 곧 삶을 쓰는 것임을 다시금 깨닫게 됩니다.

먹기 싫은 것

영진(6학년)

먹기 싫은데 꼭 먹으라니
보기도 싫은 걸 꼭 먹으라니
억지로 먹게 해서 고문 같다.
어쩔 수 없이 꼭꼭 씹는데
토하고 싶은 내 마음
꼭 먹어야 되는 것도 아닌데
안 먹으면 죽는 것도 아닌데
일부러 먹이니 울고 싶다.
먹기 싫은데.

골고루 반찬을 먹어야 한다는 규칙이 있고, 그게 몸에 좋다는 것도 알지만, 얼마나 먹기 싫었으면 시로까지 썼을까 싶어 공감이 갑니다. 이렇게 하고 싶은 말이나 마음속에 품고 있던 말을 토하듯 꺼내 놓으면, 그게 곧 시가 됩니다.

산

나선율(2학년)

산은
처음에는
가기 싫은데
올라가다 보면
괜찮고
꼭대기에서는
기분이 좋아요.

산 오르기는 아이들에게 늘 새로운 도전입니다. 처음에는 힘들고 귀찮게 느껴지지만, 동무들과 수다를 떨며 오르고, 새참을 먹으며 힘을 내고, 산꼭대기에 올라 뿌듯함을 느끼는 어린이 마음이 고스란히 담긴 한 문장이네요.

오늘 벼 타작을 했어요

김연재(3학년)

손으로 뜯었어요.
홀태로도 했어요.
탈곡기로도 했어요.
탈곡기를 발로 밟으니까

통이 뱅글뱅글 돌았어요.
발로 밟을 때 제일 재밌어요.

나락을 손으로 뜯고 홀태로 타작하는 아이, 탈곡기로 벼를 타작할 때 들리는 윙윙거리는 소리까지 생생하게 떠오릅니다. 발로 밟아 탈곡기 통이 돌아갈 때의 재미를 아는 아이의 마음이 고스란히 담긴 시입니다.

도롱뇽

심준범(4학년)

도롱뇽을 잡은 정수 형, 준영이가
내 도롱뇽 내 도롱뇽 한다.
우리가 그럴 자격이 있는 것일까?
생명을 내 것이라 할 권리가 있는 것일까?

돌 돌

김결(2학년)

돌이
추울 것 같다.
내가 추운데
돌은
얼마나 추울까?

도롱뇽, 돌 모두 아이들에게는 귀한 생명이며, 사람과 함께 살아가는 지구이자 자연입니다. 인류 생존을 걱정해야 하는 시대에 도롱뇽은 물론 돌에까지 마음을 전하고 싶은 어린이의 마음이 참 귀하고 소중합니다. 그런 어린이의 마음을 믿어 주고 오롯이 지켜 주고 싶습니다.

어린이들이 쓴 시는 오염된 우리 마음을 맑게 해주는 힘이 있고, 참다운 인간으로 키워 가는 시 쓰기 교육이 왜 꼭 필요한지를 깨닫게 해줍니다. 이는 세상 물정 모르는 유치한 어린이의 이야기가 아니라 지금, 이 세상에서 가장 중요한 자연과 함께 살아가는 마음과 자세를 전하고 있습니다.

따라서 어린이들의 시를 단순히 귀엽게 넘기지만 말고, 우리 삶의 방식에 대해 진지하게 물어보는 기회로 받아들여야 합니다. 지혜란 작은 것에서 전체를 끌어내는 감수성인 것을, 이 시들이 우리에게 조용히 일깨워 줍니다.

쏙닥쏙닥

손정원 (2학년)

쏙 뜯으러 간다.

사람들은 쑥덕쑥덕

말하며 간다.

쑥 뜯을 때

쑥 뜯다 말고

또 쑥덕쑥덕

말하면서 뜯는다.

쑥덕쑥덕

사: 손정원

곡: 전정일, 맑은샘 어린이들

쑥 뜯으러 간다 쑥 뜯으러 간다 사람들은 — 쑥 덕 쑥 덕 —

말 하 며 간 다 쑥 — 뜯 을 때 쑥 — 뜯 을 때 쑥 뜯 다 말 고

쑥 뜯 다 말 고 또 쑥 덕 쑥 덕 — 또 쑥 덕 쑥 덕 — 말 하 면 서 뜯 는 다

말 하 면 서 뜯 는 다 말 하 면 서 뜯 는 다 말 하 면 서 뜯 는 다

바느질

왕인지(3학년)

바느질을 하자.

한 땀 한 땀 열심히

선생님보다 빠르게

아이들보다 예쁘게
누구보다 집중해서 열심히 뜨자.
조용히 하기보다는
시끄럽게 해도 아무렇지 않아.
신경 쓰지 않고 열심히
내 머리 속에는 바느질 생각뿐.
갑자기 바늘에 찔리면
내 집중이 다 날아가.
아파서 손가락을 잡고 후후 불어봐.
순간 따끔하고 아프지.
뭔가 이상한 느낌이야.
다시 집중해서 바느질을 하면
귀여운 다람쥐가 완성되는 거야.

글월과 책으로 익혀서는 나올 수 없는 시들입니다. 어린이들은 머리로 관념을 굴리며 글을 쓰는 것이 아니라, 온몸으로 느끼고 경험하며 쓰기 때문입니다. 어린이들이 하는 말을 귀 기울여 듣고, 그들의 삶을 북돋우며 소중한 마음을 키워가기 위해 선생님들과 어른들이 무엇을 해야 할지 자꾸 생각해야겠습니다.

가까운 산과 강, 자연 속에서 마음껏 놀고, 날마다 재미있는 일이 가득하고 모험과 즐거운 놀이로 채워진 하루라면, 어린이들은 모두 시인이 될 수 있습니다. 이 세상에 놀기 위해 온 아이들에게 충분히 놀 수 있는 시간을 주는 것, 그것이 바로 시를 쓰고 싶은 마음을 불러일으키는 첫걸음입니다.

'관찰을 잘 해서 시를 쓰라'고 가르치는 것보다, 놀이와 대상이 좋아

저절로 관심과 애정을 쏟으며 관찰하고, 자연스럽게 글과 시로 표현하도록 돕는 것이 시 쓰기 교육의 바탕입니다. 겪은 일, 들은 일, 생각한 일로 나누어 다양한 방식으로 시를 써 보게 할 수도 있지만, 가장 중요한 것은 자신의 삶을 소중히 여기고 사랑하는 마음으로 그것을 글로 담아내도록 하는 것입니다.

시 쓰기 교육의 목표와 시 쓰기 지도

시를 보는 눈과 교육의 목표를 살피는 것이 선생님들이 시 공부를 준비하는 시작입니다. 시 교육의 목표는 참다운 인간을 키워 가는 것입니다. 이오덕 선생님 말씀처럼, 시는 일상의 삶에서 비뚤어지고 오염된 마음을 순화시키고, 사람의 정신을 더 높은 경지로 고양하며, 시적인 직감을 통해 사물의 본질을 붙잡습니다. 또한 참된 삶을 인식하고, 인간다운 삶의 태도를 갖게 하며, 진정이 담긴 말, 진실이 꽉 찬 말, 정직한 말의 아름다움을 깨닫고 그런 말을 쓰게 합니다. 더불어 자기 느낌과 생각을 표현하고 싶은 욕구를 갖도록 합니다.[*]

참된 시는 삶에서 그때그때 부딪히는 온갖 일들에 대한 느낌과 생각(감동)을 가능한 짧고 자기 말로 토해내듯 쓴 것입니다. 가짜 시는 어디선가 많이 본 듯한 시, 교과서에 나온 동시 형식을 닮은 것, 너무 매끈한 시, 어른스럽거나 어려운 시, 읽어봐도 별 감흥이 없는 시, 아기 같은 소리를 쓴 시, 지나치게 아름다운 시, 또는 줄글을 시처럼 끊어놓은 시입니다. 반면, 진짜 시는 감동을 주고, 쉽게 읽히며, 자연스럽게 느껴지는 시, 자기만의 느낌이 드러난 시, 자기의 말로 쓴 시, 형식에 얽매이지 않고 자유롭게 쓴 시입니다.[**]

시 쓰기 지도에서 첫째는 '글감 고르기'입니다. 무엇을 쓰게 할 것인지 정하는 것이 시작이며, 어린이들이 자연 속에서 놀고 일하는 가운데 보고, 듣고, 하고, 느낀 것, 그리고 늘 생각한 것을 쓰도록 해야 합니다. 대안학교 아이들은 자연 속에서 일하고 노는 일이 많아, 자연과 놀이를 담은 시가 아주 자연스러울 것입니다. 또한 아이들이 일상에

[*] 이오덕, 《삶을 가꾸는 글쓰기 교육》, 보리, 2004, 76쪽.

[**] 이호철, 《이호철의 갈래별 글쓰기 교육》, 보리, 2015, 32쪽, 39쪽.

서 겪는 모든 일이 글감이 되도록 해야 합니다. 글감을 잘 찾지 못하는 어린이가 있을 때는 선생님이 구체로 글감을 제안해 주어야 하며, 막연하게 '가을', '봄', '자연'과 같은 주제가 아닌, 아이들이 날마다 겪은 일 중에서 쓰고 싶은 것을 마음껏 표현하게 해야 합니다.

둘째는 '본보기 시를 많이 들려주고 맛보게' 하는 것입니다. 시와 가까워지는 활동으로 좋은 시를 자주 들려주고 암송하는 것은 매우 중요합니다. 좋은 동시도 있지만, 되도록 또래 아이들이 쓴 쉬우면서도 진실한 삶과 마음이 담긴 어린이 시를 고르는 것이 좋습니다. 이오덕 선생님과 한국글쓰기교육연구회 선생님들이 엮은 어린이 시집들을 늘 곁에 두고, 어린이들이 자주 좋은 시를 만나도록 하면 좋겠습니다.

셋째, '온몸과 마음으로 다시 살려 보고 겪어 보기' 입니다. 바로 겪은 일을 그 자리에서 쓰는 것이 좋을 때도 있지만, 시간이 조금 지나거나 한참 지난 뒤에 써야 한다면 반드시 온몸으로 그때 했던 놀이나 일, 상황을 하나하나 떠올리며 몸짓과 마음으로 다시 겪어 보는 것이 좋습니다.

넷째, '한 번에 토하듯이 쓰는 것'입니다. 감동을 되살려 무엇이든 다 털어놓는 마음으로 아주 집중해서 쓰는 것이 바람직합니다.

마지막으로 '고치고 다듬어 마무리하고, 쓴 시를 함께 나누는 것'입니다. 다듬고 고칠 때는 반드시 아이들이 스스로 하도록 해야 하며, 선생이 마음대로 고쳐서는 안 됩니다. 글 고치는 기준은 내용과 형식 모두를 살펴야 하지만, 내용이 다치지 않도록 주의해야 합니다. 자기 말로 썼는지, 살아 있는 입말로 썼는지, 틀린 글자가 없는지, 솔직하고 꾸밈이 없는지, 더 넣거나 뺄 말은 없는지를 살펴야 합니다.

또한, 함께 시를 감상하는 시간을 마련해 발표하고 서로 도움말을 주며 칭찬하는 활동은 아이들에게 시를 쓰고 싶은 마음을 키워주고,

뿌듯함으로 삶을 풍요롭게 해줍니다.

아이들은 놀아야 합니다

딱지 따먹기

천명수 (4학년)

딱지를 딸 때면
가슴이 쿵덕쿵덕
"땄다!"
준영이랑 덥석 껴안는다.
딱지를 따먹힐 때면
"안돼!"
준영이랑 딱지를 저주를 건다.
"털썩"
따먹혔다.
"다시 한 번 하자!"
누가 따먹힐 줄 모르는 한판 승부.
숨이 막힌다.

시 쓰기는 마음을 여는 것이며, 쓰고 싶은 마음이 절로 나와야 합니다. 뒷산에 가서 나무집을 만들고, 철마다 꽃을 따고, 잎을 찾아 음식을 만들고 놀이를 하는 아이들. 굴러다니는 돌 하나, 나뭇가지 하나도 소중한 비석 치기와 자치기 놀잇감인 아이들. 도시에서 살지만, 텃밭 농사를 짓고 논을 빌려 논농사를 지으며 일을 하는 아이들. 제철 음식을 먹고, 철마다 나라 곳곳에 있는 산과 강, 바다에서 감성을 기르고 자연에서 생명과 조화를 배우는 아이들에게는 쓸 것과 그릴 것이 가득합니다. 우리 아이들이 지금 이러한 삶을 살고 있나요?

이런 행복한 삶을 살아가는 아이들도 있습니다. 단 한 번뿐인 아름답고 눈부신 어린 시절과 청소년기를, 국영수가 대신 아름다운 추억과 감성으로 채우며 살아가고 있습니다. 실컷 놀고, 마음껏 뛰놀며 함께 하는 삶. 시험과 성적, 폭력과 따돌림은 딴 세상 이야기입니다.

물론 동무들과 놀고 일하면서 말싸움도 하고 몸싸움하며 속상할 때도 있습니다. 고민과 불안도 공존하지만, 그것이 사람 사는 세상이고 아이들 삶의 자연스러운 일부입니다. 그런 순간에도 모두 모여 이야기하며 함께 규칙을 만들고, 서로를 이해하며 살아가는 법을 배웁니다.

그래서 아이들 행복하고, 그런 아이들과 함께하는 선생님들도 참 행복합니다. 이 나라 모든 아이들이 학교에서 그렇게 살아간다면 얼마나 좋을까요? 놀고, 일하고, 배우는 것이 하나가 되는 삶. 그런 삶 속에서 행복하기를, 대안교육 작은학교 사람들은 진심으로 바라고 꿈꿉니다.

아이들이 쓰는 시 속에서 어른들이 지켜야 할 어린이 마음은 정직함, 동정심, 그리고 사심 없는 마음입니다. 어린이 마음을 가꾸는 시 쓰기는 삶을 가꾸는 과정 속에서 자연스럽게 이루어집니다. 내가 쓴 글, 내가 쓴 시가 얼마나 소중하고 자랑스러운지 깨닫는 것이 시작입니다.

이를 위해 자신의 삶을 긍정하고 사랑하며, 대상을 따뜻한 시선으로 바라보고 오늘을 즐기는 마음이 필요합니다. 그런 마음이 모일 때 좋은 시가 나오고, 행복한 삶도 함께 가꿀 수 있습니다.

아이들과 살아가는 선생님에게는 날마다 배움이 가득합니다. 미안하고 고마운 일투성이기에 반성하고 성찰해도 마음 한구석에 죄송스러움이 남습니다. 하지만 그것이야말로 선생이 살아야 할 삶이자, 아이들을 만나는 태도이자 자세일 것입니다.

아이들은 곧 스승이요, 삶이 교육입니다.

전정일

자연 속에서 일 놀이로, 글쓰기로

어린이와 어른이 함께 자라는 대안교육기관 맑은샘학교

제목 〈심심하다〉

아파서 학교를 못 가는데 너무너무 심심하다. 첫날에는 좋았는데 그 다음 날부터 지루하고 따분하고 심심하다. 할 건 책 읽기와 신문보기, 공부하기 밖에 없다. 학교를 가고 싶다. 학교 애들은 얼마나 좋을까??? 꽃지짐도 부쳐 먹고 수영도 하고 또 무덤산에 놀러 다니고 정말 즐겁겠다. 걔네들은 내가 부럽겠지. "얘들아 너흰 내가 부럽겠지만, 아니야 오히려 난 너희가 더 부럽단다." [5학년]

맑은샘학교는 경기도 과천에서 참된 어린이 삶을 가꾸는 교육을 연구하고 실천하는 초등대안학교입니다. 관악산, 청계산, 우면산, 용마골과 과천 곳곳을 배움터로 삼으며, 온 나라 곳곳에서 자연 속 여행 기숙학교를 열어 어린이 스스로가 제 삶의 주인임을 새기고 가꾸며, 이웃과 자연과 더불어 살아가도록 돕고 있습니다.

생명을 살리는 정직하고 소박한 삶을 자랑스럽게 여기며, 바람직한 공동체 문화를 가꾸고 어린이와 교사, 부모가 함께 배우고 성장하도록 노력합니다. 이를 위해 우리말과 어린이 삶을 가꾸는 글쓰기 교육, 밥살림, 옷살림, 집살림, 들살림, 산살림, 갯살림 교육, 생태전환 교육, 모둠살이 교육, 일 놀이 교육, 통합 교육, 삶을 가꾸는 표현 예술 교육, 기본 교과 교육들을 운영하고 있습니다.

서툴고 부족한 게 많은 교육 현장이지만, 행복한 삶을 가꾸는 아이들과 선생님들이 함께합니다. 하루의 반은 모둠으로 생활하고, 나머지 반은 바깥 활동과 모두가 어울려 하는 통합 활동으로 구성됩니다. 아침 9시에 시작해 오후 3시 30분쯤 학교가 끝납니다.

"주인으로 더불어, 앞날을 열자"라는 학교 교육 정신을 바탕으로 어린이와 어른이 함께 성장하는 교육공동체 맑은샘학교는 어느새 20주년을 맞이했습니다. 맑은샘학교의 뿌리를 되돌아보면, 많은 학교와 마찬가지로 어린이를 사랑하고 현재 삶을 행복하게 살고자 하는 사람들이 모여 작은 공동체를 꾸리며 시작되었습니다.

2004년 주말마다 자연 속에서 어린이와 어른들이 즐거운 시간을 보내며 교육과 삶을 이야기하던 방과 후 모임 '도토리 숲'이 1년간 이어졌습니다. 이후 교육 실천을 되돌아보고 뜻을 새로이 모은 선생님들과 부모님들이 2005년 3월 2일 '물이랑 작은 학교'를 과천 중앙동에 열었습니다. 일 놀이 교육과 글쓰기 교육을 통해 어린이와 어른이 함께 성장하는 공동체를 만들었고, 2007년 어린이들의 투표로 이름을 '맑은샘학교'로 변경했습니다.

2007년 과천 중앙동을 떠나 양지마을에서 열세 명의 어린이와 두 명의 선생님이 함께 시작한 맑은샘학교는 시간이 흐르며 성장하여, 현재 평균 어린이 40명, 생활 선생님 7명, 과목 꼭지 선생님 8명으로 이루어진 교육공동체로 2025년 20주년을 맞이했습니다. 다섯 차례의 이사를 거쳐 2014년 과천동 양지마을에 영구 터전을 짓고 어린이의 삶을 가꾸고 있습니다.

맑은샘학교를 아는 사람들은 학교를 떠올리면 '일 놀이와 글쓰기', '우리말 글 살려 쓰고 바로 쓰기', '이오덕 선생님', '자연 속 학교', '마을 속 작은 학교', '생태전환교육과 마을교육공동체', '정직하고 소박한 삶을 중시하는 학교'라는 이미지를 떠올립니다.

맑은샘학교는 '어린이 나라를 뒷받침할 어른과 마을이 있는 곳', '자연 속 일 놀이 교육', '어린이 삶을 가꾸는 글쓰기 교육', '삶의 줏대와 잣대를 기르는 수학', '마을 속 교육 과정과 생태전환교육', '마을교육공동체'를 실천하며, 어린이의 건강, 감성, 생활 태도를 중요하게 여기는 작은 학교입니다.

그동안 출판된 책들인 〈일과 놀이로 자란다〉, 〈일과 놀이로 여는 국어 수업〉, 〈마을이 학교다: 생태전환교육과 마을교육공동체 이야기〉, 〈교사, 덴마크 자유 학교를 만나다〉, 어린이 시집 〈벼룩처럼 통통〉을 통해 맑은샘학교의 교육과정과 실천을 엿볼 수 있습니다.

자연 속에서 마음껏 놀며 일 놀이로 자랍니다

제목 〈바느질〉

바느질을 하자. 한 땀 한 땀 열심히, 선생님보다 빠르게, 아이들보다 예쁘게, 누구보다 집중해서 열심히 뜨자. 조용히 하기보다는 시끄럽게 해도 아무렇지 않아. 신경 쓰지 않고 열심히 내 머릿속에는 바느질 생각뿐. 갑자기 바늘에 찔리면 내 집중이 다 날아가. 아파서 손가락을 잡고 후후 불어봐. 순간 따끔하고 아프지. 뭔가 이상한 느낌이야. 다시 집중해서 바느질을 하면, 귀여운 다람쥐가 완성되는 거야.
[3학년]

아이들에게 놀이와 일은 하나이기에, 즐겁고 재미있게 일을 하며 배우고 자랍니다. 우리는 일 놀이를 바탕으로 모든 공부를 하도록 돕습니다. 어릴 때부터 손발을 적당히 움직여 일을 함으로써 몸이 자라고, 슬기를 익히며 세상을 배웁니다. 이를 통해 글쓰기, 그림 그리기, 일기 쓰기, 관찰하기, 만들기 같은 활동으로 자연스럽게 이어집니다.

철마다, 때마다 이루어지는 다양한 활동들도 있습니다. 음식 만들기(쑥지짐, 꽃지짐, 솔떡 빚기…), 손끝 활동(물들이기, 비누 만들기, 바느질, 목공, 놀잇감 만들기…), 몸 놀이(택견, 전래놀이, 마당놀이, 헤엄, 규칙 있는 공놀이…), 노래와 악기(장구, 해금, 피리, 오카리나, 피아노…), 텃밭 가꾸기들이 시간표로 구성됩니다. 이러한 활동들은 일 놀이를 바탕으로 이루어지며, 표현 교과와 수학, 과학 같은 인지 교과로도 연결됩니다.

이와 함께 밥 짓기, 반찬 한두 가지 만들기, 설거지, 청소하기, 빨래 같은 생활 속의 일이 몸에 배도록 돕는 것을 중요하게 여깁니다.

자연은 가장 큰 스승이자 학교

제목 〈자연 속 학교〉
자연 속 학교가 낼모레인데 기다려진다. 하동 가서 놀 생각을 하면 가슴이 떨린다. 빨리 가면 좋겠고 괴산도 가고 싶다. 자연 속 학교야 기대한다. [6학년]

　맑은샘학교 어린이들과 선생님들은 봄, 여름, 가을, 겨울, 철마다 집을 떠나 자연 속 기숙학교를 엽니다. 남쪽 지리산과 섬진강이 있는 하동, 남해, 해남과 청산도, 부안, 진도와 화순, 동쪽 주문진과 고성, 북쪽 원주와 인제, 서쪽 덕적도와 태안, 그리고 나라의 중심 괴산까지 짧게는 엿새, 길게는 열흘 동안 함께 생활합니다.

　아이들은 자연에서 들살림, 산살림, 갯살림을 배우며 자기 삶의 주인으로 성장하는 과정을 경험합니다. 계절에 따른 자연과 삶의 변화를 몸소 느끼고, 그 지역의 문화와 역사를 배우며, 모둠살이를 통해 깊이 있는 관계를 형성합니다. 집을 떠나 불편하고 힘든 환경에서 아이들은 스스로 밥을 짓고, 빨래와 청소를 하며 함께 자고 먹고 놀고 일하는 법을 익힙니다.

　이렇게 해마다 자연 속으로 떠나는 아이들은 24~30번이 넘는 자연 속 학교를 다녀왔습니다. 그래서인지 철이 바뀔 때마다 아이들과 선생님들은 자연 속 학교를 손꼽아 기다립니다.

　가끔은 어린이들이 이렇게 긴 시간 동안 자연 속 학교에 가는 이유와 여행과의 차이를 묻는 이들도 있습니다. 우리는 어린이들이 부모와 함께 살아야 한다고 믿으며, 도시 속 대안학교에서 어린이들의 삶을 가꾸고 부모도 함께 성장하기를 바랍니다. 하지만 경쟁과 소비의 유혹이 넘치는 도시 환경 속 대안학교의 한계를 넘어, 자연 속 기숙학교를 통해 자연에서 마음껏 놀고 일하며 얻는 건강, 감성, 그리고 생활 태도가 어린이들의 삶을 크게 변화시킨다고 믿습니다.

우리가 가는 자연 속 학교는 단순한 여행이나 일회성 체험으로 끝나지 않기를 바랍니다. 그래서 같은 곳을 반복해서 방문하며 우리 아이들을 따뜻하게 맞아주는 마을과 어른들이 있는 곳에서 삶을 배우고, 꾸준히 들살림, 산살림을 익히고 있습니다. 무엇이든 꾸준히 이어갈 때 진정한 배움이 있고, 삶의 힘이 생긴다고 생각합니다.

자연 속 학교에서 아이들은 아침부터 저녁까지 쉬지 않고 놀고, 선생님들도 아침부터 저녁까지 아이들을 살피며 이끌고, 일거리와 놀거리를 찾아내어 배움이 생활의 일부가 되도록 돕습니다. 그렇게 하나가 되어 주인으로서 더불어 살아가는 힘을 기르고, 도시로 돌아왔을 때 도시와 자본, 소비의 유혹을 이겨낼 수 있는 힘을 키우기를 기대합니다.

삶을 가꾸는 글쓰기로 자라는 어린이

제목 〈내마음〉

요즘 내 마음 불같다. 왜냐하면 학교나 집에서 너무 짜증 나는 일이 많이 생기기 때문이다. 오늘 같은 일은 예를 들어 사슴벌레 애벌레가 한 마리도 안 나와서 짜증 나거나 ○○랑 얘기하는데 말이 영 안 통할 때 짜증 나서 화나는 것 같다. 어머니는 내 마음이 자라고 있다고 하신다. 정말 내 마음이 자라는 걸까? 앞으로 마음 조절을 잘해야겠다. [5학년]

맑은샘학교는 공교육에서 뛰어난 교육 성과를 이룬 이오덕 선생님의 교육 실천과 한국글쓰기교육연구회의 교육 정신을 중요한 교육과정으로 삼고 있습니다. 매년 하루생활글(일기) 모음과 학교생활글 모음, 두 권의 문집을 펴냅니다. 2008년과 2009년에는 우리 교육 출판사에서 주는 '학교 문집 특별상'을, 2010년에는 '삶을 가꾸는 상'을 수상했으며, 방송인 김제동 씨가 추천한 책으로도 알려져 있습니다. 교육 성과를 바탕으로 출판된 책으로는 <일과 놀이로 여는 국어 수업>(2021)과 어린이 시집 <벼룩처럼 통통>(2013)이 있습니다. 또한, 해마다 아이들이 쓴 시와 글을 모아 '살아있는 시와 그림 내보이기'로 시화전을 엽니다.

우리는 아이들이 단지 글을 잘 쓰기만을 바라는 것이 아닙니다. 어린이들이 하루하루를 어떻게 살았는지, 기쁘고 애타고 화난 모든 일들과 느낌, 숨결이 담긴 정직한 글쓰기가 아이들에게 사람다운 마음을 갖게 하고, 생각을 깊게 하며, 바르게 살아가도록 돕기에 '삶을 가꾸는 글쓰기'라고 부릅니다.

맑은샘학교는 이오덕 선생님과 한국글쓰기교육연구회, 어린이도서연구회의 소중한 교육 실천과 경험을 배우며, '어린이 삶을 가꾸는 글쓰기', '마음을 살찌우는 책 읽기' 정신을 살리려 애쓰고 있습니다. 하지만 여전히 부족함을 느끼며 더 나아지기 위해 줄곧 애쓰고 있습니다.

외국말과 줄임말, 거친 말, 아기 말을 쓰지 않고, 쓴 글을 다시 다듬으려 애쓰는 까닭은 우리말과 글을 바로 쓰고 살려 쓰는 것이 어린이 삶을 가꾸는 기본이기 때문입니다.

제목 〈글쓰기〉

나는 글쓰기가 좋다. 지금 내 마음을 글로 표현하고 다른 사람이 보면 후련하다. 글이 좋다. [6학년]

맑은샘학교는 책 읽기와 글쓰기 시간을 따로 두고 있습니다. 이는 다른 대안학교에서 말하는 우리말과 글 교육과 비슷한 맥락을 가지고 있습니다. 우리는 책 읽기를 통해 어린이들이 생각을 키우고 세상을 배우며, 궁금한 것들을 스스로 찾아 깨우치는 힘을 기를 수 있다고 믿습니다.

그래서 주마다 시간표에 한 나절을 책 읽기 공부로 쓰고 있습니다. 물론 어린이들에게 놀이와 생활이 가장 중요하며, 책 읽기는 그중 작은 부분이라는 사실도 잊지 않습니다.

제목 〈책〉

난 요즘...... 책을 통해서 나만의 세계로 간다. 읽다 보면 내가 주인공이 되어서 악당과 싸우고, 주인공의 친구가 되어서 함께 모험도 떠나며 그 세계로 빠져든다. 나만의 세계에서 마음을 졸여가고 감동한다는 것이 얼마나 행복하고 기쁜지 아무도 모를 거다. [6학년]

일 놀이, 자연, 표현 예술, 인지 교육, 어린이 자치회와 같은 모든 교육 과정은 행복한 어린이의 삶을 가꾸는 데 있습니다. 아이들이 마음의 얽힘 없이 자기 기운을 온전히 살려낼 수 있도록 뒷받침하는 교육 과정이 필요합니다. 또한, 아이들이 배움에서 스스로 설 수 있도록 돕는 마을, 선생님, 그리고 어른들의 몫이 무엇보다 중요합니다.

한 번뿐인 우리 아이들의 삶을 위해 선생님들은 끊임없이 성찰하고 실천하며, 배움을 찾아 스스로를 키워왔는지 되돌아봅니다. 그러다 보면 아이들과 부모님들에게 고맙고 미안함이 함께 느껴집니다.

늘 깨닫게 되는 것은, 아이들이야말로 선생의 스승이요, 삶이 교육이라는 사실입니다.

마을이 곧 학교

맑은샘학교는 세계 교육의 흐름 속에서 마을과 학교의 연결을 강조하며, 학생들의 배움을 확장하는 마을 교육 생태계를 미래 교육의 중요한 요소로 삼고 있습니다. 특히, 기후 위기 시대에 마을의 몫은 더욱 중요합니다.

양지마을에 터전을 마련한 후 〈터전을 지은 우리는 이제 무엇을 해야 하는가〉라는 주제로 마을과 마을 속 교육 과정을 본격으로 탐구해 왔습니다. 많은 어려움 속에서도 마을 속 작은 학교로 자리 잡기 위해 애쓰며, 마을을 위해 일하고 마을 속 교육 과정을 배움의 장으로 확장시켜 왔습니다.

이를 위해 때마다 마을 청소, 인사, 음식 나누기, 어르신들과의 대화 같은 활동을 꾸준히 이어왔습니다. 또한 마을신문 발행, 아나바다 벼룩장터 운영, 마을방범대 어린이 참여, 마을공원 가꾸기, 공동 냉장고 설치, 마을 잔치, 기타 교실, 책 동아리, 축구단 활동 같은 다양한 프로그램을 통해 마을과 교육이 자연스럽게 어우러지는 생태 전환 마을을 만들어 가고 있습니다.

적정기술을 활용해 교육과 자연이 조화롭게 어우러진 마을을 만들며, 전환 도시로의 발걸음을 준비하고 있습니다. 빵도 굽고, 누룩과 막걸리를 빚으며, 김장을 함께 담는 발효 과정, 마을 평상과 게시판, 보관함을 만드는 목공 활동, 바구니와 직조 작업은 모두 마을 기술이자 삶의 기술입니다. 이러한 시도는 마을을 지속가능성과 풍요를 담은 공간으로 만들어 가고 있습니다.

교육 과정의 자율성과 유연함 덕분에 이러한 시도가 가능했으며, 학부모들과 마을주민들이 지역과 교육을 연결하기 위해 힘을 모은 결과입니다. 교육 중심의 공동체는 이제 마을공동체와 마을교육공동체로 성장하며, "한 아이를 키우기 위해 온 마을이 필요하다"는 말처럼, 도시 속 작은 학교에게 따뜻한 마을의 존재는 더욱 필요합니다.

도시에서 마을 골목이 아이들 웃음소리로 활기를 되찾는 일은 결코 쉽지 않습니다. 그러나 맑은샘학교는 마을 가꾸기를 교육 과정의 일부로 삼아, 학교의 경계를 넘어 마을을 교육의 장으로 끌어들여, 마을이 곧 학교가 되는 변화를 이끌어냈습니다. 이러한 과정은 교육을 더욱 풍요롭게 만들었고, 배움을 마을로 확장시키며, 마을이 우정과 환대의 공동체로 자리 잡는 데 기여했습니다. 마을과 연결된 교육은 자연스럽게 삶과 연결되어 이웃과 함께 살아가는 방법을 가르쳐 줍니다.

교육 속에 전환, 자연, 마을을 담아내는 노력은 단순히 교육의 범위를 넘어 마을의 삶을 더욱 풍요롭게 만들었습니다. 동시에, 마을에서 전환과 교육, 자연을 담아내려는 노력은 우리 자신을 더욱 깊고 넓게 성장시키는 계기가 되었습니다. 이러한 모든 과정과 이야기는

〈마을이 학교다: 생태 전환교육과 마을교육공동체〉(2024, 씽크스마트)에 고스란히 담겨 있습니다.

학교를 넘어 마을과 지역으로 확장된 교육은, 마을과 교육이 서로 연결되며 삶의 방식을 바꾸는 실천을 통해 우정과 환대가 살아있는 공동체 마을을 만들고, 호혜 경제가 살아 숨 쉬는 마을을 이루는 데 큰 의미를 지닙니다.

마을은 지속가능성을 중심에 두고 미래를 준비하며 신재생에너지와 적정기술을 추구하듯, 전환 마을의 가치는 지속가능성과 삶의 풍요를 함께 담고 있습니다. 이를 통해 우리의 삶이 더욱 풍성해지기를 바랄 뿐입니다.

2022년 대안교육기관법의 시행으로 대안교육기관이 공식 교육기관으로 인정받게 되었지만, 대안교육에 대한 오해와 편견은 여전히 남아 있습니다. 대안교육을 제도교육에 적응하지 못한 '부적응아들'을 위한 교육으로 보는 시각, 일부 중산층이 특별한 엘리트 교육을 추구하는 선택이라는 오해, 혹은 아이들의 사회성 부족을 염려하는 편견들이 그것입니다.

물론, 대안교육에 대한 이해는 점차 넓어지고 있으며, 세상의 변화가 느껴지기도 합니다. 하지만 여전히 대안학교는 많은 도전과 어려움 속에 놓여 있습니다. 기후 위기와 학령인구 감소로 인한 재정의 어려움, 소수가 걷는 길에 대한 불안과 두려움, 교사들의 생계 문제, 교육 내용과 과정에 대한 치열한 고민들은 대안교육 현장이 마주한 현실입니다.

그럼에도 대안교육 운동은 우리나라 교육에 큰 영향을 미쳤습니다. 민간 주도의 교육이 가능하다는 점을 증명하며, 교육의 다양성과 두루 어울린 학교 운영, 생태·생명·평화·자기 주도 학습, 체험과 통합 교육 같은 새로운 교육의 본보기를 만들어 냈습니다.

맑은샘학교와 대안교육연대는 아이들의 삶을 가꾸기 위해 모든 어른들과 연대하며, 더 나은 세상을 향한 꿈을 계속 이어갈 것입니다.

참고 도서

맑은샘학교 어린이들, 《맑은샘 아이들》, 맑은샘학교, 2007~2024

전정일, 《벼룩처럼 통통》, 단비, 2013

전정일, 《일과 놀이로 여는 국어 수업》, 천개의 정원, 2021

전정일, 《일과 놀이로 자란다》, 도서출판 맑은샘, 2014

전정일, 《마을이 학교다: 생태전환교육과 마을교육공동체 이야기》,
　　　씽크스마트, 2024

전정일, 《교사, 덴마크 자유 학교에 가다》, 씽크스마트, 2025

이오덕, 《삶을 가꾸는 글쓰기 교육》, 보리, 2004

이오덕, 《어린이는 모두 시인이다》, 지식산업사, 1988

이호철, 《갈래별 글쓰기》, 보리, 2015

이주영, 《이오덕 삶과 교육 사상》, 나라말, 2006

이호철, 《살아있는 글쓰기》, 보리, 2008

이주영, 《어린이 문화 운동사》, 보리, 2014

서정오, 《누구나 쉽게 쓰는 우리말》, 보리, 2020

고병헌 외, 《교사, 대안의 길을 묻다》, 이매진출판사, 2009

이오덕, 《글쓰기 어떻게 가르칠까》, 보리, 2007

달팽이는 빠르다

초판 1쇄 인쇄 2025년 05월 07일
초판 1쇄 발행 2025년 05월 14일
글쓴이·그린이 경기도교육청 등록대안교육기관 맑은샘학교 어린이들
엮은이·글쓴이 전정일

펴낸이 김양수
펴낸곳 도서출판 맑은샘
출판등록 제2012-000035
주소 경기도 고양시 일산서구 중앙로 1456 서현프라자 604호
전화 031) 906-5006
팩스 031) 906-5079
홈페이지 www.booksam.kr
이메일 okbook1234@naver.com

ISBN 979-11-5778-700-5 (03800)